LES ESCOVIENNES

Abbé H. THUILLIER

LES GRANDS JOURS D'ÉCOUIS

LETTRE-PRÉFACE DE Mgr P. MEUNIER
Evêque d'Evreux

EVREUX
IMPRIMERIE
19

LES ESCOVIENNES

Abbé H. THUILLIER

—

LES GRANDS JOURS D'ÉCOUIS

LETTRE-PRÉFACE DE Mgr P. MEUNIER

Evêque d'Evreux

ÉVREUX
IMPRIMERIE DE L'EURE

—

1912

Imprimatur :

25 junii 1912.

† PHILIPPUS, *ep., ebr.*

INTRODUCTION

Ecouis est un joli bourg du Vexin Normand, sur la route nationale de Paris à Rouen. Il est enveloppé de jardins de groseillers et de moissons. Il est surtout remarquable par son église, dont on aperçoit les clochers de dix lieues à la ronde. — Naguère encore, il possédait un Collège renommé et un gracieux Pensionnat de jeunes filles. Aujourd'hui, par suite de la persécution, le Pensionnat est fermé ; le Collège est confisqué et laissé à l'abandon. De ce qui faisait la gloire, la prospérité et la joie d'Ecouis, il ne reste plus qu'un souvenir.

Dieu veuille qu'en ravivant le souvenir, ces ESCOVIENNES contribuent à entretenir l'espérance!

Elles s'appellent *Escoviennes* du nom latin d'Ecouis, *Escovium*, parce qu'elles ont été composées presque toutes à Ecouis ou pour Ecouis.

Elles comprennent trois parties : **Les Grands jours d'Ecouis; Chez nous** et **Pastorales**.

La COUR D'AMOUR en l'honneur de Mgr Meunier (1899) et JEANNE D'ARC (1909) appartiennent aux **Pastorales**. De même LES BERGERETS, que nous donnerons en supplément.

Nous publions les deux autres parties en deux recueils.

Le premier relate les principaux faits de l'histoire d'Ecouis (du 20 août 1119 au 14 mars 1901). Bien que l'auteur se soit entouré de nombreux documents et qu'il les ait étudiés de près, il les a traités en poète plutôt qu'en historien. Il a suivi en cela l'exemple de Gustave Le

Vavasseur dans ses *Etudes historiques*. Il n'en pouvait suivre un plus illustre ni un plus sûr. — Les pièces de ce recueil, à l'exception de celles qui sont datées, sont de 1911 et de 1912. Cependant, en raison des faits qu'elles rapportent, nous avons cru devoir les présenter les premières.

Quant au second recueil, il renferme des compositions variées, que les circonstances ont fait naître. Elles ont un caractère intime, nous dirions familial, ce qui excusera la familiarité de quelques-unes. Elles s'adressent soit aux Pères de nos âmes, nos Evêques et nos Maîtres vénérés, — soit à nos amis, condisciples, anciens élèves, que nous considérons comme des frères. Elles correspondent aux *Intima* et aux *Inter amicos* de Le Vavasseur. Pour parler comme Botrel, elles sont les poésies de **Chez nous.**

Aussi, les présentons-nous avec confiance à ceux « de chez nous, » — nous recommandant humblement à l'indulgence des autres.

Abbé H. Th.

Neuve-Lyre, mai 1912.

†

ÉVÊCHÉ

D'ÉVREUX

Pacy-sur-Eure, 25 juin 1892.

Monsieur et cher Curé,

Vous êtes le poète aimé de notre Diocèse. Vos chants ont vibré dans toutes nos fêtes, comme ils ont pleuré dans tous nos deuils et tous ceux qui ont eu l'heur de vous entendre ont conservé la mémoire, toujours exquise, des beaux vers, des nobles pensées, des chaleureux élans, qu'ils ont eu la joie d'applaudir.

C'est assurément à vous que l'on peut appliquer ces paroles du Prophète (Is. XXXVIII) : « Nous chanterons nos psaumes tous les jours de notre vie dans la maison du Seigneur. »

Mais, vous avez surtout célébré le pays d'Ecouis — cette perle du Vexin Normand — dont on admire les horizons adoucis, la terre puissante et généreuse, les esprits calmes et pénétrés, les bras laborieux.

Dans ce superbe écrin de moissons jaunissantes, enserré entre les Andelys et Gisors, vieilles et nobles cités, la glorieuse forêt de Lyons et les douces collines d'Ecos, vous avez considéré Ecouis, le bourg aux tours massives, qui dominent le Vexin, à l'église monumentale dont on célèbre les joyaux artistiques, à la plaine ondulée qui descend lentement vers l'Andelle.

Dirai-je que c'est votre pays? Vous l'avez tant aimé, vous vous êtes penché avec tant de persévérante attention sur son histoire, vous goûtez si pieusement ses traditions, son patriotisme, sa foi chrétienne, vous avez si patiemment travaillé dans le cher et regretté Collège à la formation d'âmes d'enfants, vous vous y êtes créé de si profondes sympathies, que vous avez fait d'Ecouis comme votre seconde terre natale.

Dans vos poèmes — que vous leur consacriez une page ou plusieurs — vous avez voulu chanter les beautés d'une terre délicate, les amis chers à votre cœur, les heures fugitives d'un bonheur trop vite écoulé : Vous avez voulu encore revivre ce que le passé d'Ecouis vous offre de grand, de pur, de généreux, pour nous le redire en accents pieux ou enflammés, comme une hymne d'église ou comme un son de clairon.

Et vous avez eu raison. La poèsie est la fleur du souvenir; elle en est aussi la gardienne. Et lorsque quelque main avide feuillettera les pages que vous consacrez à ce passé, il me semble bien que parfois cette main tremblera d'émotion et que le lecteur sentira des larmes aux bords de ses paupières, larmes de fierté, larmes de joie, et aussi larmes de deuil : car, par un rapprochement qui s'imposera, le présent ne fera pas oublier le passé : ce présent a pour nous, hélas! trop d'amertumes.

Le passé même nous deviendra plus cher comme un gage d'espérances saintes.

Votre œuvre est considérable. Je m'en voudrais de l'analyser parce qu'elle abonde en belles choses que j'ai, ou lues, ou relues en répétant avec le vieux et grand poète Coppée : « J'ai lu vos poèmes ou, pour mieux dire, les ferventes prières, les pieuses méditations que vous avez fixées en vers purs et harmonieux. — Tous vos lecteurs seront à la fois charmés et édifiés. »

Qu'ils ouvrent sans crainte vos livres, vos Escoviennes, *comme vous les appelez du nom d'Ecouis. Je ne crois pas qu'ils s'arrêtent avant de les avoir achevés : Ils auront fait chanter leur âme, battre leur cœur, réveiller, sinon agrandir, leur foi de Chrétiens et leur patriotisme de Français.*

C'est le vœu que je forme et que j'offre aux Anciens Élèves d'Ecouis, à vos amis du diocèse et à tous ceux qui poursuivent le rêve de la grande et sainte poésie.

Agréez, bien cher Monsieur le Curé, l'assurance de mes sentiments les plus dévoués en N.-S.

† *PHILIPPE, Evêque d'Evreux.*

A S. G. Monseigneur Philippe Meunier,
Evêque d'Evreux.

RAVENELLES

Il est comme un jardin fleuri,
Monseigneur, votre diocèse.
De la Neuve-Lyre à Fleury
Il est comme un jardin fleuri.
Sous le ciel d'azur qui sourit,
Toutes les fleurs poussent à l'aise.
Il est comme un jardin fleuri,
Monseigneur, votre diocèse :

Trèfles, bluets et liserons,
Coquelicots et pâquerettes,
Primevères, endymions,
Trèfles, bluets et liserons,
Campanules et laiterons,
Sans compter mille autres fleurettes ;
Trèfles, bluets et liserons,
Coquelicots et pâquerettes.

A l'ombre épaisse de leurs bois,
Ou dans le grand jour de leurs plaines,
Le Liévin et le Roumois
— A l'ombre épaisse de leurs bois, —
Vous en apportent chaque mois
Des jardinières toutes pleines,
A l'ombre épaisse de leurs bois
Ou dans le grand jour de leurs plaines.

Il n'est rivière ni ruisseau
Où ne viennent les marguerites
Se mirer sur le bord de l'eau.
Il n'est rivière ni ruisseau
Où ne se balance l'oiseau
Sous des voûtes de clématites :
Il n'est rivière ni ruisseau
Où ne viennent les marguerites...

Ici, la Risle au flot changeant
Qui de vergers en vergers — rôde;
Plus loin, le Rouloir indulgent.
Ici, la Risle au flot changeant
Et l'Iton, encadrant d'argent
Ses pâturages d'émeraude...
Ici, la Risle au flot changeant
Qui de vergers en vergers — rôde.

Si l'humble ruisselet du Bec
Pleure sur le vieux monastère,
Où l'on n'entend plus le rebec;
Si l'humble ruisselet du Bec
Et l'Avre qu'on a mis à sec
Se sont vêtus d'un deuil austère,
Si l'humble ruisselet du Bec
Pleure sur le vieux monastère,

Ils n'en font pas moins refleurir
Le saule penché sur leur rive,
Qui semble aussi vouloir mourir.
Ils n'en font pas moins refleurir
Au cœur de l'hiver, — et mûrir
Le gui perlé qu'aime la grive.
Ils n'en font pas moins refleurir
Le saule penché sur leur rive.

L'Eure s'avance à pas comptés :
Ses pervenches se sont écloses.
Bientôt, le soleil des étés,
— L'Eure s'avance à pas comptés, —
Mettra de beaux fruits veloutés
Où le printemps a mis des roses.
L'Eure s'avance à pas comptés :
Ses pervenches se sont écloses.

L'Epte et l'Andelle, plus au nord,
Embrassent le Vexin fertile,
Notre cher Vexin aux blés d'or.
L'Epte et l'Andelle, plus au nord,
Savent marier sur leur bord
L'art de plaire à l'art d'être utile.
L'Epte et l'Andelle, plus au nord,
Embrassent le Vexin fertile.

Puis, noble et belle, mais sans fard,
La Seine apparaît : Elle est reine.
Çà et là, comme par hasard,
(Car elle est belle, mais sans fard)
Un simple nœud de nénuphar
Orne la robe qu'elle traîne...
Puis, noble et belle, mais sans fard,
La Seine apparaît : Elle est reine.

Nous aurions voulu, Monseigneur,
De toutes ces fleurs gracieuses
Faire une gerbe en votre honneur.
Nous l'aurions voulu, Monseigneur,
Mais, elles ne sont pas en fleur
À la fois, les capricieuses;
Nous aurions voulu, Monseigneur,
De toutes ces fleurs gracieuses.

Il en est d'autres, grâce à Dieu,
Corolle d'or et cœur de flamme,
Qui croissent en tout temps et lieu.
Il en est d'autres, grâce à Dieu.
L'Esprit, qui descend du ciel bleu,
Les fait épanouir dans l'âme.
Il en est d'autres, grâce à Dieu,
Corolle d'or et cœur de flamme.

Pardon, si nous sommes naïfs
De vous offrir ces ravenelles.
Aux fentes des clochers massifs
— Pardon, si nous sommes naïfs, —
Bien des fois des souffles pensifs
Les caressèrent de leurs ailes.
Pardon si nous sommes naïfs :
Nous vous offrons ces ravenelles.

Ecouis, 17 avril 1899.

20 août 1119

—

BRÉMULLE

Episode des guerres franco-normande.

—

In die XXe mensis Augusti, Henricus rex Nogione missam audivit.....

Le 20 août, Le roi Henri entendit la messe à Noyon (aujourd'hui Charleval).

ORDERIC VITAL. *Hist. eccl.* L. XII.

Les blonds normands, aux beaux chevaux rapides,
Se tenant bien sur le champ de bataille
Où ils mourront mais ne se rendront pas :
Car, il n'est pas de race plus guerrière.

CHANSON DE ROLAND. Episode de Baligant.

La plaine d'Etrépagny.

De grand matin, dans la basse chapelle
De son château de Noyon-sur-Andelle,
Henri, le Roi normand, s'en fut prier.
C'était un fier et valeureux guerrier.
Il fit à Dieu mainte bonne promesse
Et, tôt après, il entendit la messe
Que lui chanta son chapelain Roger.

Quand il fut hors, on vint l'interroger.
— « Ça, dit Henri, l'heure n'est pas aux chasses.
« Empressons-nous de vêtir nos cuirasses :
« Prenons la lance et montons à cheval.
« Nous atteindrons par la route du Val
« Etrépagny, le Thil, la plaine blonde,
« Que nous pourrons faucher jusqu'à la Londe.
« Crespin s'obstine en ses rebellions?
« Soit. Ce jour même, au château de Lions,
« Nous porterons autant de ses récoltes
« Qu'il nous en faut pour payer ses révoltes.

Incontinent, à travers les halliers,
Plus de deux cents illustres chevaliers
Suivent le Roi, — l'élite du Royaume :
Les fils du Roi, Robert, Richard, Guillaume,
Le comte d'Eu, Roger. fils de Richard,
Salisbury, qui porte l'étendard,
Varenne, Auffay, Tancarville, tant d'autres
Moins désireux de faucher des épeautres
Que de frapper d'estoc dans les combats.
— N'en dites rien, chevaliers, ou tout bas :
Car, notre Roi n'aime pas qu'on maugrée. —
Suivait aussi la foule bigarrée
Des écuyers, des archers, des varlets,
Des paysans. juchés sur des mulets,
— Beaucoup à pied, — armés de faux, de sapes,
Et d'outres, — pour les futures agapes.

Comme une mer figée en mamelons,
Les bois au loin recouvraient les vallons.
L'aube argentait leur manteau de buée.
Mais, l'ombre était à peine atténuée
Sous bois : jamais, un rayon n'y filtrait.
C'est là que le Fouillebroc, tout d'un trait,
Venait jeter à la Lieure son onde.
Les habitants de la forêt profonde,
Cerfs, biches. daims s'y donnaient rendez-vous.
Combien de fois, parmi leurs ébats fous,

Les sons du cor éveillaient des alarmes!
Combien de cerfs, les yeux baignés de larmes,
Tombaient, blessés à mort par les épieux!
Mais, tel était le charme de ces lieux
Qu'au jour suivant la troupe décimée
Se rassemblait sous la même ramée.

Ce matin là l'y découvrait encor.
Mais, aussitôt que retentit le cor,
Elle s'enfuit sous la charmille verte :
Peur sans objet, fruit d'une fausse alerte.
Ce n'était pas pour des cerfs ce jour-là
Que l'olifant déployait son éclat.

Du Fouillebroc abandonnant les rives,
Le roi Henri fut bientôt sous Verclives :
« Auffay, dit-il, faites garder ce point
« Par un piquet de guetteurs, qui voient loin.
« De quel côté que penche la Fortune,
« La prévoyance est toujours opportune.
— « Trois de nos gens demeureront ici,
« Dit le baron, et le sieur de Courcy
« Qui, d'une lieue apercevrait une ombre,
« S'il plaît au Roi, complètera le nombre.
— « Qu'il soit ainsi, dit le Roi.

Mes vassaux,
« Toute la plaine, au delà de Farceaux,
« Vous appartient. Sire de Tancarville,
« Etendez-vous du Thil à la Neuville.
« Vous, moissonnez les Thiliers, Aubigny.
« Je prends pour moi les champs d'Etrépagny,
« Où, ce dit-on, le pur froment abonde.
« Si Crespin sort, je le jette en sa Bonde.
« Quand l'olifant donnera le signal,
« Vous rejoindrez mon escadron royal.
« En attendant, que l'on se ravitaille
« Du même entrain qu'on livrerait bataille! »

La plaine d'Ecouis.

Ce même jour, le Roi français Louis
Se dirigeait du côté d'Ecouis,
Accompagné de trois cents hommes d'armes.
Et les côteaux d'Andely, pleins de charmes,
Et le ruisseau, qui, sous l'ombrage épais,
Leur susurrait des paroles de Paix,
Leur agréaient mais ne les touchaient guère.
Les plus fameux de ces hommes de guerre
Etaient Cliton, le neveu de Henri,
Que les malheurs des siens avaient aigri
Sans amollir pourtant son endurance,
Vauvray, Beaumont, le Chambrier de France,

Montmorency, Mareuil, Baudry de Brai,
Garlande, Maulle, et Gisors et Monjai :
Païen Monjai, l'âme toute en détresse
D'avoir perdu Livry, sa forteresse,
N'attendait plus qu'un trépas glorieux.

Tout en allant, ils devisaient entre eux.
Le roi Louis disait : « La citadelle
« Est forte et vaut que l'on s'empare d'elle.
« Cousin Henri, quel sera ton émoi
« Quand tu sauras que Noyon est à moi!
« C'est par ici la clé de la Province.
— « Par ma foi, Sire, il est temps qu'on l'évince
« De nos châteaux, dit Hervé de Gisors,
« Avec tous ceux qui nous ont boutés hors.
— « Ah! dit Monjai, le sang m'en brûle aux tempes.
— « Comme il nous croit aux alentours d'Etampes,
« Reprit Louis, et qu'il gîte à Rouen,
« Nous cueillerons son Noyon en jouant. »
Montmorency conclut : « Comme une rose,
« A moins que quelque dard ne s'interpose. »
Le roi lui dit : « Tu ne connais pas l'art
« D'avoir la rose en émoussant le dard? »
Pierre de Maulle intervint : « Par saint Pierre,
« Jamais un dard n'effraya ma rapière.
« C'est s'avilir que de négocier.
« Ayons la rose en coupant le rosier.

— « Eh! dit le Roi, nous serions tous de taille
« A ferrailler dans un jour de bataille.
« Mais, selon moi, ce jour est encor loin.
« Nos ennemis évitent avec soin
« Le corps à corps en plaine découverte.
— « Parce qu'un tel combat serait leur perte,
« Dit Albéric de Mareuil. Mais, nos coups
« Les atteindront comme on atteint des loups,
« En les forçant jusque dans leurs repaires :
« Nous reprendrons le pays de nos pères.
— « Vous oubliez les traités et nos droits,
Insinua Cliton. — « Et vous, nos Rois,
« Riposta l'autre. Est-ce leur rendre hommage
« De leur causer dommage sur dommage?
« Mais, grâce à Dieu, vos excès vont finir.
« Les faits d'hier annoncent l'avenir :
« La Seine, loin de ses bords épanchée,
« Par un grand vent tout à coup desséchée;
« La Lune, rouge avec un bandeau bleu;
« Et tous les soirs, ces fantômes de feu
« Qui de Paris courent vers la Neustrie.
« Oui, l'heure vient d'ôter notre patrie
« Aux étrangers. » Cliton lui dit : « Tu mens!
« La Normandie appartient aux Normands.
« Nos droits sont là. Quant à ton insolence.....
« En garde avec ton épée ou ta lance!
— « Chacun son droit : paix! » commanda Louis.

Ils arrivaient en face d'Ecouis
Par le chemin creux qui débouche à Fresne.
Cliton comprit que les gestes de haine
Ne servent pas, tandis qu'ils nuisent trop.
Il se contint et l'on partit au trot.

La plaine était triste en ces temps de luttes.
Tout Ecouis tenait dans quelques huttes :
A droite, un camp romain dans la forêt,
A gauche, Fresne et plus haut Villerest,
Brémulle au fond dont les pentes déclives
Venaient mourir d'un côté sous Verclives
Et d'autre part entr'ouvraient le côteau
Où s'arc-boutaient Noyon et son château.
La plaine était triste et presque sauvage.....
Ayant subi déjà plus d'un ravage,
Les habitants s'en étaient faits bergers.
Ils cultivaient encore leurs vergers.
Le reste était repris par la nature
Qui fournissait aux bêtes leur pâture.

Les Moines seuls, — les moines dont le froc
Couvrit toujours des volontés de roc, —
Continuaient leur tâche régulière,
(On vit d'espoir quand on est fourmilière!)
Et, lorsque tout tremblait à l'environ,
Ils engrangeaient sans hâte à Boucheron.

Voilà soudain, parmi leurs moissons mûres
Trois cents français aux brillantes armures.
En un clin d'œil, au devant des chevaux
Les moines se jettent avec leurs faux :
C'étaient d'anciens soldats normands, ces moines
— « Il faut peut-être épargner des avoines, »
Dit le sieur de Garlande, sénéchal.
Un coup de faux abattit son cheval.
— « J'aurai raison de cet obstacle étrange,
« Cria Louis. Que l'on brûle leur grange ! »

Et Boucheron flamba terriblement.

Prends garde, Roi de France, au châtiment !

On se ravitaille.

Or, l'autre plaine étant mieux défendue,
Sa robe d'or ne s'était point perdue.
Les champs, au loin et jusqu'à l'horizon,
Etaient remplis d'aoûterons à foison :
Les uns courbés sous le poids de leurs gerbes,
D'autres, allant à l'ouvrage, superbes,
Heureux de voir autour d'eux leurs enfants
Caracoler comme de jeunes faons.
Les gens du Thil ramassaient leurs avoines;
Ceux des Thiliers, rouges comme pivoines,

Mettaient leur joie à dresser au soleil
Leurs javelots d'épeautre ou de méteil.
Ceux de Farceaux riaient à pleine gorge,
Tout en chargeant leurs bœufs d'avoine et d'orge.

Mais, la campagne est en proie aux hasards.
Combien de fois, sans être des vieillards,
Avons-nous vu broyer par la tempête
Les diamants dont elle ornait sa tête!
Le moissonneur s'avance en souriant
Et sa compagne aussi, — vers l'Orient.
L'or des épis, l'acier des faux scintille.
L'or sur l'acier en frissonnant pétille.
Les bluets sont des gouttes de ciel bleu
Pour rafraîchir l'atmosphère de feu,
Pour consoler du coquelicot rouge.
Mais, il fait lourd et pas un brin ne bouge,
Sauf ceux, sur qui la faux vole en sifflant.
Pendant ce temps, d'un progrès sûr et lent,
A l'Occident, un nuage se forme,
Qui voile, aux feux du jour, sa masse énorme.
Puis, on entend un long grondement sourd.
L'instant d'après, le soleil à son tour
Se cache. Un vent impétueux s'élance.
Un grand éclat succède au grand silence.
Une clamenr : Sauvons-nous! Sauvons-nous!
Tels des agneaux, à l'approche des loups,
Tels des faisans sur qui fondent les aigles,
Femmes, enfants s'enfuient à travers seigles,

Et les faucheurs les suivent à grands pas.
Mais, à l'orage ils n'échapperont pas.
Avant qu'ils aient découvert quelque gîte,
Il est sur eux et sur eux il agite,
Dans la lueur des éclairs fulgurants,
Son urne de rafale et de torrents.

De même, quand, vers Saussay, dans la plaine,
On aperçut courir à perdre haleine
Tant de guerriers ardents sur leurs chevaux,
On jeta vite et faucilles et faux,
Sans s'attarder à de vaines demandes.
On devinait les réponses normandes
Et qu'ils venaient se procurer du pain
Chez les vassaux de Guillaume Crespin.

Les plus peureux étant les moins ingambes,
Les plus hardis prirent au cou leurs jambes
Et, d'une traite, au sieur d'Etrépagny
Furent conter leur malheur infini.
Alors, Crespin eut un accès de rage :
— « Tous ces vilains sont des gens sans courage,
« S'écria-t-il. A moi, mes chevaliers!
« Et les Normands seraient-ils des milliers,
« J'en purgerai la terre de mes hommes.
« En avant! en avant tant que nous sommes! »

Et cependant, les Normands fourrageaient.
Sur leurs chevaux des ballots se chargeaient.
Leurs sacs ventrus se gonflaient de provende.
La crainte qu'ils causaient était si grande
Que les vilains, en fuyant devant eux,
Leur avaient même abandonné leurs bœufs.
Ce fut bientôt, devers Menesqueville
Et le château de Lions, — une file
D'ânes, de bœufs, de mulets, de chevaux...
Quand éclata sur la plaine et les vaux
Ce cri soudain : Le Roi de France arrive!

Alerte!

Au même instant, des hauteurs de Verclive
Se précipitait Robert de Courcy,
Qui venait dire au Roi normand ceci :
— « Le Roi Louis les commande en personne.
« Son oriflamme au dessus d'eux frissonne.
« Ses chevaliers sont trois ou quatre cents
« Armés de pied en cap et reluisants,
« Et vers Noyon se dirige leur troupe.
— « Espèrent-ils, dit Henri, prendre en croupe
« Mon château-fort, comme on prend un enfant?
« Lacez mon heaume et sonne l'olifant!
Tandis qu'on met son heaume et qu'on le lace :
— « Ah! frémit-il, j'avais perdu sa trace

« Et lui, la mienne aussi. Mais, Dieu veut jeu!
« Et nous allons nous retrouver dans peu. »

Or, l'olifant retentissait sonore,..
Puis, s'arrêtait... puis, résonnait encore
Comme fera celui du Jugement.
Aussitôt, a lieu le rassemblement
Des chevaliers normands et de leur suite.

Quelques vassaux de Crespin, dont la fuite
Se terminait ainsi par un succès
Coururent dire à leur Sieur : « Les français
« Sont près d'ici. Notre Sire en personne
« Marche à leur tête, où son fanion frissonne.
« Ils sont tous à cheval, cinq ou six cents,
« Armés de pied en cap et reluisants,
« Et vers Noyon, ils dirigent leur voie. »
Le sieur d'Etrépagny cria : « Monjoie!
« Courons nous joindre à ces bons chevaliers! »

Les Rois délibèrent.

A mi-chemin du Thil et des Thilliers,
Le Roi Henri tint un conseil rapide.
Varenne dit : « La troupe est intrépide :

« Ils veulent tous marcher à l'ennemi.
— « Ne soyons pas des Normands à demi,
« Dit Tancarville, et n'allons pas sans force
« Nous introduire entre l'arbre et l'écorce!
— « L'arbre est Noyon, fit remarquer Auffay,
« L'écorce, nous. Pressons la tout à fait,
« Le Roi de France aura forte partie
« Et s'il veut fuir, où sera sa sortie?
— « En vérité, dit le Seigneur Néel,
« Je n'en vois pas, fors du côté du Ciel.
Gautier Giffart dit en riant : « Je doute
« Que le gros roi choisisse cette route. »
Alors, Henri, cloturant le débat :
— « C'est décidé : nous aurons le combat.
« Quant à l'escorte, il n'est plus besoin d'elle.
« Que sans tarder tous regagnent l'Andelle,
« Excepté ceux qui mènent le convoi...
« Eh! n'est-ce pas sur Boucheron, qu'on voit
« Monter au ciel cette blanche fumée?
« Sans doute, un des exploits de leur armée,
« Mais, qui nous montre où nous les trouverons.
« Mon fils Guillaume, a force d'éperons,
« Cours à Noyon. Inspecte toute chose
« Et que Louis vous attaque, s'il l'ose! »

Or, on savait déjà dans le Vexin
Que les deux rois allaient pouvoir enfin,
Tirer au clair leur ancienne querelle.

Le roi Louis, surpris de la nouvelle :
— « Qu'en pensez-vous, dit-il, Montmorency?
« Mon beau cousin chevauche par ici! »
Montmorency répondit : « Noble sire,
« Je puis mourir pour vous; je le désire.
« Mais, je ne puis m'exposer au remord
« De vous jeter avec moi dans la mort.
« Retirons-nous; car, le péril est grave. »

Gisors cria : « C'est là parler en brave!
« J'estime, moi, qu'il serait lâche et sot
« De reculer au moment de l'assaut. »

Montmorency lui dit : « L'outrecuidance
« Engendre plus de maux que la Prudence.
— « Si mon cousin ne fût venu si tôt,
« Reprit le Roi : Nous avions son château
« Sans coup férir : la place était vendue.
« L'occasion, cette fois, est perdue.
« Lorsque le maître est là, l'ordre est partout.
— « Que l'on combatte ici, là, n'importe où,
« Conclut Chaumont, pourvu que l'on combatte! »
Et sa fureur le rendait écarlate.
— « Si nous fuyons, poursuivit-il, comment
« Pourrons-nous rabattre l'orgueil normand?
« Souvenez-vous! L'autre mois, quand vous dûtes
« De vos soldats incendier les huttes
« Pour vous porter en hâte sur Evreux,
« Fut-il jamais des hommes plus heureux?
« Ils proposaient aux passants de leur vendre

« Des tisons noirs, issus de votre cendre.
« Deux jours après, sur nous s'est abattu
« Si rudement le Robert de Dangu
« Qu'on aurait dit le diable et son engeance!
« Et tout cela ne crierait pas : Vengeance! »

Le Comte de Chaumont parlait encor
Lorsque, dans un flot de poussière d'or,
On vit soudain la bannière apparaître
Et les soldats de Crespin, le vieux reître.
— « Ah! dit Louis, les braves compagnons! »
— « Sire, clama Crespin, nous les tenons,
« En moins d'une heure, hommes et capitaines.
« Ils sont au plus trois ou quatre centaines,
« Mais, ils n'ont pas nos puissants destriers
« Et les manants, mêlés à leurs guerriers
« Les gêneront ou s'enfuiront au large.
« A moi l'honneur de la première charge!
— « Non, dit Chaumont, cet honneur est pour moi.
— « Je vous l'accorde à tous deux, dit le Roi. »

Crespin est fier d'avoir un tel émule.

En ordre de bataille.

— « Que sur le champ on s'appuie à Brémulle! »
Reprend le Roi.

Les Français aussitôt
Sont revenus sur le front du plateau.
De là, si loin que l'horizon l'effrange,
La plaine est comme un jeu d'échecs étrange,
Dont les casiers inégaux sont tracés
Par les sentiers, les rus et les fossés.
Les chevaliers du roi Louis s'alignent.
Leurs destriers hennissent et trépignent.

Au premier rang sont Crespin et Chaumont;
Au second rang Monjai, Gui de Clermont,
Montmorency, Cliton, Maulle, Garlande;
Derrière eux, sur un ressaut de la lande,
Le Roi, son porte-oriflamme Vauvray,
Beaumont, Serans, Mareuil, Baudry de Bray.
Et leur épée, à leur côté, miroite
Et de leur poing jaillit la lance droite,
Dont les fanons caressent leur haubert;
Et leur visage est tellement couvert
Par le camail du haubert et le heaume
Qu'on ne saurait désigner leur fantôme,
S'ils ne portaient au cou des boucliers
Ornés de fleurs ou d'émaux singuliers.

Le Roi de France a les plus belles armes :
Eperons d'or, lance de frêne, enarmes

Et lacs de cuir, semés de clous d'argent.
Sur son écu, deux loups s'entr'égorgeant.
Sur son haubert des agrafes fleuries;
Le cercle de son heaume en pierreries.
Mais, son regard ferait connaître assez
Qu'il est le chef et le Roi des Français.

Le Roi Normand n'a pas moins haute allure :
Son heaume blanc strié de niellure
Ne laisse voir que son regard aigu.
Deux léopards passent sur son écu.
Sous ce haubert d'acier, frangé d'hermine,
Qu'en ce moment le soleil illumine,
Sous cette lance en pommier peint de bleu,
Mais dont le fer semble jeter du feu,
Sous ce fourreau, dont on connait la lame,
Et sous les plis roux de cette oriflamme,
— Avec amour mêlé de quelque effroi, —
Tous les Normands saluent en lui leur Roi.

Peu soucieux d'une troupe massive,
Lorsque tantôt il revint sur Verclive
Il ne garda que deux cents cavaliers :
Cent chevaliers et leurs cent écuyers.
Mais, pour que l'ordre apparut moins austère
Lui-même il mit le premier pied à terre.
Ils durent bien ainsi plus de deux cents
Se séparer de leurs chevaux plaisants

Et s'apprêter, comme un parti vulgaire,
A batailler sans leur cheval de guerre.
Mais, quand le Roi parle, il est obéi.
  Le Roi les fit ranger autour de lui
En contre bas du Mont, la lance haute :
Puis, il posta ses archers à mi-côte.
  Pendant ce temps, Richard, son noble fils,
Dont le cheval était plus blanc qu'un lys
Et plus léger qu'un essaim d'hirondelles,
Pour protéger à la fois les deux ailes
Scindait en deux groupes son escadron.

Mais, qui vient donc ici leur faire affront?

Un défi.

  Non, ce n'est pas leur faire affront qu'on ose :
C'est la paix que le Roi Louis propose!
  Gui de Clermont s'avance hardiment :
— « Le Roi français te somme, Roi Normand,
« Dit-il, de rendre à ton frère sa terre,
« T'en retournant de bret en Angleterre.
« Lui résister, je t'en mets au défi! »
  Henri se borne à lui répondre : « Fi!
« Retourne dire à ton Roi qu'il s'en aille,
« S'il veut garder sa cotte à double maille.

« Le Duc Richard, mon frère, sans ton Roi
« N'aurait jamais comploté contre moi. »
Clermont lui jette alors trois brins de laine,
Pique des deux, retraverse la plaine,
Porte aux Français les propos de Henri.

— « Soit, dit Louis, et Monjoie! » A ce cri,
Qui rejaillit de quatre cents poitrines,
Tressaillent au loin plaines et collines.
Mais, les Normands, dont le cœur ne défaut,
Poussent leur cri : *Diex aie!* encor plus haut.

Premier choc.

Des deux côtés, la bataille s'annonce.
A l'olifant les clairons font réponse.

Crespin, Chaumont s'élancent bondissant,
Eperonnant leurs chevaux jusqu'au sang,
Et, derrière eux, avec un bruit de foudre,
Leur escadron galope dans la poudre,
Lance en avant, bouclier en chanteau.

Henri les attend au pied du côteau.

Ses fantassins sont un buisson de piques.
Au dessus d'eux, ses archers flegmatiques
Inondent l'air de flèches et de dards.
Aussi, lorsqu'en un bond de léopards,
Tombe sur lui l'ardente chevauchée,
Elle s'abat soudain, comme fauchée,
Et ce ne sont partout que hurlements,
Chevaux, piqués par les traits des Normands,
Chevaux, venus s'enferrer à la herse
Des lances, — tous tombent à la renverse,
Entraînant leurs cavaliers avec eux.

O vision de pêle-mêle affreux!
Les uns, atteints par la lance ou la flèche
Restent gisants, saignants sur l'herbe sèche
Ou, parmi leurs chevaux, s'en vont rampants
Ainsi que de fantastiques serpents
Au dos d'écaille, à la fauve prunelle.
Le jeune fils du Seigneur de Frenelle
Est emporté, frappé sans doute à mort...
Les chevaliers français envient son sort.
Combien d'entre eux et même des plus braves
Sont pris dans leur chute et chargés d'entraves!
D'autres essaient de sortir du ravin :
Quelques chevaux se dressent, mais en vain.
Il ne sied pas à Richard qu'ils s'éloignent.
Comme les dents d'un étau qui se joignent

Ses cavaliers les encerclent de fer.
Mais, le courage est l'arbre jeune et vert.
Inclinez-le de force : il se relève.
Déjà plus d'un français, jouant du glaive,
Porte aux Normands de puissants coups d'estoc.
C'est corps à corps maintenant que le choc
Se reproduit : armure contre armure.

Hardi ! Normands, votre moisson est mûre !
Hardi, Français ! Votre courage est beau !

De son épée, ainsi que d'un flambeau
A gauche, à droite, attisant la bataille,
Chaumont rugit, avance, perce, entaille,
Fait s'envoler mainte lame en morceaux.
Mais, nos soldats rabattent ses asssauts.
Il voit tomber Manassès de Gamache
Du coup d'avers qu'un Normand lui détache :
(C'était pourtant un rude compagnon !)
Puis, Pierre et Jean de Magny, puis Vernon.
Il lutte encor, debout, terrible, sombre.
Mais, à la fin, la valeur cède au nombre.
Un coup de masse énorme l'étourdit.

Et cependant, Crespin est rebondi

En selle : Il a dans une charge épique
Ecarté l'homme et repoussé la pique,
Tracé sa voie aussi droit qu'un épieu,
Rompu les rangs normands par le milieu
Et d'un seul bond atteint Henri lui-même :
— « Allons, dit-il, bien frappe qui bien aime! »
Ce fut un coup formidable, en effet.
Le Roi Normand, — n'eut été le chevet
De son haubert, — en aurait rendu l'âme.

De toutes parts, on se rue à l'infâme,
Au sacrilège auteur de l'attentat :
Le Roi tué, que deviendrait l'Etat?
Mais, notre Roi n'a pas quitté son poste.
Insensible à la douleur, il riposte :
— « Crespin, ton glaive est bien large et bien long.
« Mais, il demeure un glaive de félon :
« Je ne veux pas que mon épée y touche.
— « Félon! félon! » hurle Crespin farouche.

Mais, Roger de Bienfaite d'un coup droit
L'a renversé sur l'herbe aux pieds du Roi.
— « Nous avons un compte à régler ensemble, »
Fait-il : Et de la horde qui s'assemble
Comme une meute autour d'un sanglier
Roger défend le fougueux chevalier.

Ne sont-ils pas d'anciens compagnons d'armes?
Et n'ont-ils pas pleuré les mêmes larmes,
Et n'ont-ils pas joué les mêmes jeux,
Dans le château qui les nourrit tous deux?
Ah! les amis, qui s'aimaient bien naguère,
Si divisés que les fasse la guerre,
S'aiment toujours : Honte à qui les honnit!
Comme un milan qui protège son nid,
Bienfaite prend Crespin sous sa tutelle
Etend sur lui son écu, comme une aile,
Frappe à sa place, — et se laisse frapper.

Mais, au péril tous deux vont échapper.
Car, à nouveau le clairon sonne et cuivre.
Henri commande à ses gens de le suivre.

A la rescousse.

L'émotion est au camp des français.
On n'y voulait pas croire à l'insuccès.
Mais, l'Espérance a fait place aux alarmes
Lorsque a cessé le cliquetis des armes,
Lorsque, au dessus du nuage poudreux
Où l'on savait engagés tant de preux,
L'on ne vit plus jaillir l'éclair du glaive,
Lorsqu'à la fin, la poudre comme un rêve

Se dissipant, — Verclives reparut.

Aux premiers rangs aussitôt accouru
Le roi Louis harangue son armée :
— « Souvenez-vous de votre renommée,
« De vos aïeux, les chevaliers hardis
« Que Dieu plaça dans son saint Paradis.
« N'avons-nous pas le Droit pour nous, nous autres.
« Vite, barons, portons secours aux nôtres!
« Criez : Monjoie! et suivez votre Roi! »
Ils dirent tous : « Sire, vous avez droit! »

Criant : Monjoie! et remplis d'assurance,
Voilà partis les bons barons de France.
Sous l'étendard royal, leurs gonfanons
Sont, comme autour d'un aigle, un vol d'aiglons.

Quant aux barons normands, tout à la gloire
Que leur permet leur récente victoire,
Ils vont aussi, cette fois, de l'avant,
Leur oriflamme et leurs fanons au vent.
Leurs cavaliers sont en double barrière,
Leurs fantassins un peu loin en arrière.
Et toutefois, çà et là, des archers
Se sont du front des troupes approchés.

Ils vont criant : Normandie ! et Diex aie !

A deux cents pas environ de la haie
Qui protégeait le berceau d'Ecouis,
Les Chevaliers français du Roi Louis
Et les Normands de Richard se heurtèrent.

Dans les deux camps des chevaux culbutèrent :
Païen Monjai, dans sa chute blessé
Pleure l'espoir qu'il avait caressé
De succomber au sein de la bataille.
Français, Normands reçoivent mainte entaille.
Le preux Richard desarçonne Mareuil,
Puis, Vauvray. — Mais, prompt comme un écureuil
Vauvray, d'un bond, a retrouvé sa selle
Et de nouveau, l'oriflamme étincelle
Entre ses mains, dans le ciel qui reluit.

Richard a son cheval tué sous lui.
Dix écuyers accourent à son aide :
A Veillantif Barbamouche succède.
Mais, les Normands, déployés à l'excès,
Ont du livrer un passage aux Français.

Impétueuse, à travers la trouée,
La foule des assaillants s'est ruée :

Vauvray pointant l'oriflamme en avant;
Gisors sur son destrier Passevent;
Montmorency, dont la vaillance oublie
Qu'il a traité ce combat de folie;
Le gouverneur Ascelin; Godefroy
De Serans et bien d'autres. —

Mais, le Roi,
Que la splendeur de ses armes désigne,
N'a pu franchir que la première ligne.
Les plus fameux chevaliers du Vexin
Se sont jetés sur lui, comme un essaim,
Aiguillonnante et mouvante guirlande.
Auprès du Roi, Maulle, Cliton, Garlande
Multiplient les prodiges de valeur :
A son courage, ils mesurent le leur.
Mais, que devient le gros de leur armée?

Richard, sa troupe à peine reformée,
Détache autour du Roi de France — assez
De preux, — pour lui répondre avec succès,
Puis, il fait faire aux autres volte-face :
A bride abattue, ils suivent sa trace...

Bataille!

Comme en un jour d'orage, au même point,
Le vent rassemble, accumule, disjoint,
Entraîne en noirs tourbillons — les nuées
Pour les laisser enfin exténuées
Vides d'éclairs, — ainsi l'âpre escadron,
Qui, l'épée haute et forçant l'éperon,
Avait rompu notre cavalerie,
L'instant d'après, chargeait avec furie
Le corps de fantassins du Roi Henri.
Ce choc ne les émut ni les surprit.
Depuis quinze ans qu'elle ne chômait guère,
Ils avaient pu s'endurcir à la guerre,
— Depuis le jour fameux de Tinchebray.

La rampe de leurs lances fulgurait.

Les chevaliers français n'y prennent garde.
Trente chevaux, bien que le fer les barde,
S'empalent sur les lances, ou blessés,
Avec leurs cavaliers sont renversés.
Sont pris alors, sans pouvoir se défendre,
Et garottés, comme bêtes à vendre,
De hauts seigneurs et d'humbles bacheliers.
Mais, derrière eux, les autres cavaliers,

Rivalisant de zèle et d'endurance,
Travaillaient bien pour l'honneur de la France.
Nos chevaliers aussi, gaillardement,
Soutenaient bien l'honneur du nom normand.

Dangu s'attaque à Gisors : il le presse.
Gisors sur ses étriers se redresse :
Il porte un tel coup d'épée à Dangu
Qu'il fait voler en éclats son écu,
Coupe les lacs qui retiennent son heaume,
Demaille son haubert — et sur le chaume,
Perdant, dans cet élan, tout point d'appui,
S'en vient tomber et rouler avec lui.
Alors, vingt bras vigoureux le saisissent.

Les lignes des assaillants s'éclaircissent,
Le cheval de Montmorency s'abat.

D'autres, glissant sur le front du combat
Gagnent à droite, en arrière d'un orme,
Où, sans tarder, leur troupe se reforme.

A ce moment, arrivent d'autre part
Les cavaliers, que commande Richard.
Leur escadron passe comme une trombe
Et, sous leur choc, maint écuyer succombe.

Mais, les Français, qui se sont reformés,
— Ils sont quarante, ardents et bien armés, —
Fondent sur eux à leur tour par derrière
Et dix Normands mesurent la « *crière* ».

Montmorency combat aux premiers rangs.
Le gouverneur Ascelin et Serans
Volent aux points où l'ennemi s'amasse
Décharger, à force de bras, leur masse.
Mais, Serans est tout à coup renversé.
Un épieu l'a mortellement blessé.
Le temps de dire un *Pater*, il rend l'âme.

Bataille !

Salisbury portait notre oriflamme,
Jean de Vauvray, celle du roi Louis.
Sur le combat où voltigeaient leurs plis,
On aurait dit deux flammes de fournaise.

L'ardeur normande égalait la française.

Salisbury poussa droit à Vauvray,
Qui déjà, l'attendait, lance en arrêt.

Entre les deux, la lutte fut épique :
La pique fut opposée à la pique,
Le glaive au glaive et, pendant un long temps,
Renouvelant les exploits éclatants
Des glorieux chevaliers leurs ancêtres,
Ces jeunes gens combattirent en maîtres.
Par les jours de leurs heaumes, on voyait
Leurs grands yeux noirs dont l'éclat flamboyait.
La souplesse et la vigueur étaient jointes
Dans leur façon de diriger leurs pointes
Ou de parer celles de leur rival.
Légèrement courbés sur leur cheval,
Ils levaient leur oriflamme très droite
Et maniaient leurs armes de la droite.
Les plus vaillants chevaliers de Henri
Se distinguaient près de Salisbury,
Le comte d'Eu, Giffard, Auffay, Bienfaite,
Tout réjouis d'être à pareille fête.
Près de Vauvray, le fougueux chevalier
Clermont, que jamais rien ne fit plier,
Montmorency, qui, bien que sans monture,
En imposait encor par sa stature,
Et d'autres, moins connus en vérité,
Mais, de la même indomptable fierté :
Tous ces guerriers opèrent des prodiges.
Sur leurs écus, rattachés par les guiges,
Sonnent les traits, s'émoussent les épieux,
Les coups d'épée éclatent furieux,

Faisant jaillir des gerbes d'étincelles.
Ils sont heurtés, secoués sur leurs selles.
Leurs coursiers ont de brusques soubresauts.
Les combattants redoublent leurs assauts.
De plus en plus, la bataille entremêle
Dans un fracas de tonnerre et de grêle
Crépitements de flèches et de dards,
Hourrahs de guerre autour des étendards,
Chocs, crissements d'acier, brisements d'armes.
Dans les deux camps, on trouve plus de charmes
A ce cliquetis du fer sur le fer
Qu'aux plus beaux chants du barde Taillefer.

Mais, les français ont une peur : la flèche.

Plus d'une vole au loin sans faire brèche.
Plus d'une aussi plante son aiguillon
Dans la porte entr'ouverte d'un maillon.
Ou dans les jours minuscules des heaumes.
Il en est de fines comme des chaumes!
Et les archers sont les gens de Breteuil
Qui firent à maints anglais perdre un œil,
Quand les Normands conquirent l'Angleterre.

C'est grâce à nos archers — (pourquoi le taire?)
Que la victoire, à la fin, nous sourit.

Jean de Vauvray tombe en poussant un cri
Qu'on entendit par delà la colline.
Une flèche est fixée en sa poitrine,
Il va mourir de la mort des héros.
Le sang de sa blessure coule à flots :
Son oriflamme en est toute trempée.
Il la défend encor de son épée.
Montmorency s'approche et s'en saisit :
Il fait lâcher prise à Montmorency :
Il ne voit plus et sa raison s'égare.
Sa chute a mis le comble à la bagarre.
Montmorency, Clermont sont culbutés :
Les Normands les pressent de tous côtés.
Mais l'oriflamme à Vauvray n'est ravie
Que lorsqu'il n'a plus un souffle de vie.

Or, au point de rencontre des chemins
Dont l'un, dit-on, est l'œuvre des Romains,
L'autre reçut le nom de Coupegueule,
Tournaient encore, — ainsi que sur la meule
Tournent les grains, que le grès a mordus,
— Des Français et des Normands confondus.

Bataille !

Près d'Ecouis aussi, l'affreux orage
Des deux partis éprouvait le courage.

Là, comme un flot qui jette son courroux
Contre le roc, insensible à ses coups,
La troupe des normands vingt fois s'élance,
Vingt fois avec la même violence
Contre le Roi Louis et ses barons.
Un vaste amas de piques, d'éperons,
D'écus brisés ou de tronçons de glaive
En face d'eux, comme un rampart, s'élève.
De beaux chevaux percés de part en part
Sont les créneaux vivants de ce rampart...

Les chevaliers normands prennent du large,
Tournent l'obstacle et si vive est leur charge
Qu'on vit le Roi sur sa selle pencher.
A cette vue, un normand, un archer,
Fond sur lui, comme une flèche rapide
Et, saisissant son cheval par la bride,
S'écrie : « Holà ! Le roi de France est pris ! »
Ce cri joyeux couvre les autres cris.
Des deux côtés, la stupeur est sensible.
Le Roi de France est pris? Est-ce possible?
Et le combat s'interrompt un moment.
Mais, déjà, tombe à terre le Normand.
Le Roi l'a transpercé de son épée,
En lui disant : « Ta fureur s'est trompée,
« Maraud ! Apprends et surtout souviens-toi
« Qu'au jeu d'échecs on ne prend pas le Roi. »

A ce bon mot, à ce beau coup de lance
Succède un impressionnant silence,
Cependant que le pauvre archer, gisant,
Laisse échapper son âme avec son sang.

Quant aux Normands, rien ne les déconcerte.
Si leur élan est tombé dans l'alerte,
Leur escadron, tenace autant que fort,
Reprend du champ pour un nouvel effort.

Mais, avant que l'action ne s'engage,
Baudry de Brai tient au Roi ce langage :
— « Nous avons bien bataillé, Dieu merci!
« Et rien n'a pu nous rompre jusqu'ici.
« Mais l'ennemi l'emporte par le nombre.
« Et l'on ne voit, hélas! revenir l'ombre
« De tant de preux qui sont allés là bas!
« Peut-on forcer le destin des combats?
« Souvenez-vous, Sire, je vous en prie,
« Qu'en vous perdant vous perdez la patrie. »
Le Roi de France eut un tressaillement.
Il regarda ses barons longuement.
Ils attendaient, la main sur leur rapière,
Silencieux, comme des blocs de pierre.
Alors, le Roi dit à Baudry de Brai :
— « Dieu nous punit : Qu'on sonne le Retrait! »

Le retrait.

Et le retrait sonne.
C'est la cohue
Inexprimable. On galope, on se rue,
Les uns fuyant, les autres poursuivant.

Entendez-vous la voix de l'olifaut
Du Roi Henri! Comme elle est large et pleine!
Comme elle couvre, au dessus de la plaine,
Les gémissements des clairons français!

Henri rend grâce à Dieu de son succès;
Puis, il dit aux siens : « En selle, de suite
« Et changeons en déroute cette fuite! »

Aussitôt dit, le Prince et ses guerriers
Ont enfourché leurs puissants destriers.
Comme les prisonniers sont aux entraves,
Quelques archers surveilleront ces braves.
Les autres s'emparant de leurs chevaux,
Avec le Roi, par plaines et par vaux,
Courent çà et là, s'approchent, s'éloignent
Et malheur aux attardés qu'ils rejoignent :
Ils sont chargés d'entraves à leur tour.

Tout compte fait, à la fin de ce jour,
Nous emmenions prisonniers sept vingtaines
De simples chevaliers ou capitaines
Et ne laissions aux français qu'un seigneur :
Encor l'avaient-ils eu sans grand honneur.

Dès le début de leur fuite confuse,
Plusieurs français avaient joué de ruse
Pour empêcher qu'on ne les reconnût.

Même leur Roi, qu'était-il devenu?

Les uns s'étaient blottis dans quelque gite
Désespérant de s'enfuir assez vite.
D'autres avaient jeté dans les buissons
Les boucliers, ornés de leurs blasons.
D'autres, parmi lesquels Pierre de Maulle
S'étaient donné soudain un nouveau rôle :
Avec des airs et des rires gaillards
Ils poursuivaient comme nous les fuyards.
Ils se montraient plus ardents que les autres.
Robert de Courcy crut qu'ils étaient nôtres.
Il les suivit jusque dans Andely.
Il fut donc pris : mais on ne prit que lui.

Sous bois.

Or, seul, à pied, l'âme tout endeuillée,
Sous la forêt à l'épaisse feuillée,
Qui s'appelait justement Muchegros
Allait le Roi vaincu Louis le Gros.

Un bûcheron fendait le pied d'un hêtre.
Le Roi lui dit sans se faire connaître :
— « Peut-on gagner Andely par ces bois? »
Le bûcheron lui dit : « Comme je vois,
« Vous préférez aux routes découvertes
« Les frais sentiers de nos charmilles vertes :
« Vous avez bien raison, en somme. Mais,
« Vous êtes sûr de n'arriver jamais.
« Tous les sentiers sont tortueux, difformes
« Et plus mêlés que les rameaux des ormes.
« Si vous tenez à suivre un tel chemin,
« Il serait bon qu'on vous prit par la main. »
— Le Roi lui dit : « Vous le feriez peut-être?
Le bûcheron répartit : « Et mon hêtre? »
Sur ce, le Roi lui promit deux écus.
Le paysan n'en demanda pas plus
Et les voilà dégageant la cépée
L'un de la hache, et l'autre de l'épée.
Passant le val, remontant le côteau,
Redescendant pour sauter un ruisseau,

Risquant de choir dans une fondrière.
— « Il ne faut pas regarder en arrière, »
Clama le guide en riant aux éclats.
Ce rire fit au Roi l'effet d'un glas.
Mourant de faim, brisé de lassitude.
Une nouvelle et noire inquiétude
Etait entrée en son esprit : « Qui sait?...
« Si le vilain moqueur le trahissait!
« La fin du jour venait, mélancolique.
« La piste était bien longue et bien oblique!
« En cas d'alerte, où serait son recours?... »
Et cependant l'homme marchait toujours.
Il ébranchait de sa hache puissante
Les arbres qui se courbaient sur la sente
Ou s'y tordaient en formes de serpents.
Comme le Roi rêvait de guet-apens,
Il fut tiré tout à coup de son rêve
Par la voix du bûcheron, nette et brève :
« Mon beau Seigneur, voici votre Andely. »

Or, le chemin de ronde était rempli
De chevaliers, de peuple, de tumulte...
Les uns parlaient de relever l'insulte.
D'autres, d'abord, de rechercher le Roi.

Quand il parut, comme une ombre d'effroi
S'évanouit sur les fronts les plus blêmes.

Mille flambeaux s'allumèrent d'eux-mêmes.
On acclamait le Roi Louis, de cœur :
Qu'aurait-on fait s'il eût été vainqueur?
Mais la douleur noblement endurée
Rendait sa majesté deux fois sacrée.

Le bûcheron, quoique fort ébahi
Ne laissait pas de rester près de lui :
— « Si près du Roi, que vient faire ce rustre? »
Dit un baron, non pas le plus illustre
Mais, l'un des plus honteux d'être vaincu.
— « Il attend, dit le Roi, son double écu.
— « Oh! dix écus, dit le guide, je pense!
— « Tu penses mal : je compte ma dépense,
« Reprit le Roi. Je te verse mon du. »
Le bûcheron restait tout morfondu.
Le baron dit : « Je sais ce qu'il désire.
« Permettez-moi de le lui bailler, Sire! »
L'autre, à ces mots, détala prestement.

Epilogue.

Le lendemain, un chevalier normand
Ramenait deux chevaux de belle taille
Trouvés blessés sur le champ de bataille.

L'un d'eux était celui du roi français,
L'autre, celui de Cliton : leurs harnais
Jetaient toujours de vives étincelles :
Mais eux portaient la mort dans leurs prunelles.
Le Roi Louis en guise de merci
Fit relâcher le sire de Courcy.
Mais, rien ne put effacer de son âme
Le souvenir de sa rouge oriflamme,
Le souvenir des cent quarante preux,
Que les Normands gardaient par devers eux.

Le jour même, en sa cité de Lutèce,
Il fut cacher sa honte et sa tristesse.

Henri paya l'oriflamme au soldat,
Qui l'avait prise au milieu du combat,
Vingt marcs d'argent. — C'était peu pour la gloire
Dont ce trophée illustrait sa victoire.
Il résolut de grâcier Gisors
Et Bouchard de Montmorency, — dès lors
Qu'ils étaient les vassaux des deux monarques,
De mettre aux fers Chaumont au château d'Arques,
De maintenir les autres en prison
Jusqu'au paiement d'une honnête rançon.

Il fit aussi de dignes funérailles
Aux trois guerriers que le Dieu des batailles

Avait marqués du signe des Elus.

S'il n'était mort que trois guerriers au plus
Dans ce combat de huit à neuf cents hommes,
C'est que de leurs éperons à leurs heaumes
Leur corps était tout habillé de fer.
Du reste, — un cœur battait sous le haubert, —
Leur cœur était moins dur que son écorce.
Ils étaient fiers de déployer leur force,
De capturer, sous les yeux de leur Roi,
Ceux qu'ils jugeaient les ennemis du Droit.
Mais, la plupart ne croyaient nécessaire
Ni glorieux de tuer l'adversaire :
Ils étaient chevaliers et non bourreaux.

. . . .

Huit jours plus tard, le Roi Louis le Gros
Avait repris sa hautaine assurance :
— « Comte Amaury, tu me rends l'espérance,
« S'écriait-il. A quoi bon tout ce deuil?
« Allons venger nos barons sur Breteuil! »

A M. L'ABBÉ O. CRESTÉ, CHANOINE HONORAIRE,

Supérieur du Collège d'Ecouis.

LES VIEUX NORMANDS

Chant patriotique.

REFRAIN.

Nous sommes du pays Normand,
Terre fertile et forte race.
Jamais bon sang ne se dément :
De nos aïeux suivons la trace !
Allons ! amis ! marchons gaiement !
Nous sommes du pays Normand !

1. Ils étaient braves, nos aïeux.
Leur âme fortement trempée,
Communiquait à leur épée
L'éclair qui brillait dans leurs yeux.
Le combat pouvait faire rage :
L'effort excitant leur courage
Ne les rendait que plus joyeux !

2. Géants, conduits par des géants,
Les Roll, les Guiscard, les Guillaume,
Cueillant au passage un royaume,
Prenant une île aux mécréants,
Jour et nuit, debout, intrépides,
Ils bravaient sur leurs nefs rapides
Les menaces des Océans.

3. Prudents! oui, prudents, mais hardis,
Armés chevaliers par leurs prêtres,
Ils fauchaient comme blé les traîtres,
Faisaient rendre gorge aux bandits :
Et, redressant leur grande taille,
Rouges encor de la bataille,
Entraient tout droits en Paradis.

4. Sous leurs chênes nous grandissons.
Le vent qui souffle de la plaine
Les échauffa de son haleine
Et retentit de leurs chansons.
Puissions-nous voir des jours prospères,
Devenir ce qu'étaient nos pères,
Et Dieu nous donne leurs moissons! (*)

20 février 1899.

(*) Ce chant a été mis en musique et orchestré par M. l'abbé Cresté.

A S. G. MONSEIGNEUR PHILIPPE MEUNIER

Evêque d'Evreux.

---

17 juillet 1313

LA DÉDICACE

Confirma hoc, Deus, quod operatus es in nobis, a Templo sancto tuo quod est in Jerusalem.

De votre saint Temple de Jérusalem, confirmez, Seigneur, ce que vous avez opéré en nous.

(*Office de la Dédicace*).

Le soleil se levait, inondant de lumière
La basilique blanche et svelte d'Enguerrand.
Tout un peuple, accouru dès l'aurore première,
Se pressait alentour, chacun selon son rang :

Chacun selon son rang, depuis les fiers légistes,
Depuis les dames des Seigneurs aux longs bliaux,
Depuis les chevaliers rigides, presque tristes,
Depuis les bons bourgeois, conteurs de fabliaux,

Jusqu'aux gens de métier, groupés en confréries,
Maçons, carriers, tailleurs de pierre, bûcherons,
Sur qui planaient, du haut des bannières fleuries,
Les images tutélaires des saints Patrons,

Jusqu'aux vilains, aux rochets gris, aux bruns visages,
Jusqu'aux enfants, varlets, pages et damoiseaux.
Mais, ceux-ci, trop nombreux pour être longtemps sages,
Eparpillaient déjà leurs pépiements d'oiseaux.

Cependant, les enfants eux-mêmes vont se taire.
L'église Saint-Aubin s'est ouverte sans bruit.
Une procession en sort avec mystère,
Où le *Miserere* du Prophète bruit.

En tête, vient la croix du Sauveur, notre Sire,
Puis, les religieux et ministres de Dieu,
Puis, douze clercs portant des chandelles de cire,
Puis, les douze premiers chanoines de ce lieu,

Puis, la comtesse Alips, mystérieuse et frêle,
Sa longue traîne aux mains d'un page en court mantel,
Puis — entre ses amis Plaisians et de Presle, —
L'illustre Chambellan de Philippe le Bel.

Il marche hardiment et, sous la cotte perse,
Où son blason, devant et derrière, est brodé,
A chacun de ses pas, son baudrier qui perce
Montre de quelle noble épée — il est gardé.

Le Seigneur Enguerrand a vraiment haute mine.
Comme Alips, son épouse, il contemple joyeux
La belle et vaste nef d'une blancheur d'hermine
Qu'ils ont fait élever à la Reine des Cieux.

S'avancent après lui dix évêques en chape,
Ses deux frères Philippe et Jean, d'autres prélats,
L'archevêque Bernard, et le Légat du Pape,
Le cardinal de Fréauville, Nicolas.

Le cardinal Légat, qui préside à la place
Du Vicaire du Christ, le bienheureux Clément,
Doit procéder lui-même à cette Dédicace
Et le peuple le suit des yeux, avidement.

Il fait d'abord le tour de la Collégiale.
Il en bénit avec l'hysope les sommets,
Puis, il revient frapper à la porte royale :
Mais, on croirait qu'elle est fermée à tout jamais.

— Princes, dit-il, ouvrez la porte au Roi de gloire!
— Quel est, demande-t-on, ce Roi si glorieux?
— C'est le Roi des combats, le Roi de la victoire.
La porte reste close au Roi victorieux.

Le prélat, qu'un petit nombre de clercs escorte,
Bénit alors les murs du temple vers le bas.
Quand il est de retour et qu'il frappe à la porte,
On lui répond, mais, la porte ne s'ouvre pas :

— Princes, dit-il, ouvrez la porte au Roi de gloire!
— Quel est, demande-t-on, ce Roi si glorieux?
— C'est le Roi des combats, le Roi de la victoire,
La porte reste close au Roi victorieux.

Le cardinal reprend sa marche bénissante.
Les murs sont aspergés d'eau sainte en leur milieu
Et voici qu'à nouveau le prélat se présente.
La porte sera-t-elle encor fermée à Dieu?

— Princes, dit-il, ouvrez la porte au Roi de gloire!
— Quels ennemis ce Roi de gloire a-t-il battus?
— C'est le Dieu des vertus, le Dieu de la victoire!
Et la porte aussitôt s'ouvre au Dieu des vertus.

Dans l'église, où Jésus en croix fait son entrée
Comme dans un palais conquis un Roi vainqueur,
Le cardinal légat et sa suite sacrée
Pénètrent avec Lui jusqu'au chancel du chœur.

— C'est l'heure d'invoquer vos présences bénies,
Anges et Saints de Dieu! — Chacun tombe à genoux.
La foule, du dehors, répond aux Litanies :
Priez pour nous, priez pour nous, priez pour nous!

Les clercs avaient posé leurs chandelles de cire
Devant les douze croix dont les murs sont gravés.
Deux vieillards, aussi blancs que le grès de Corcyre,
Sèment de deux chemins de cendre les pavés.

A ces chemins croisés, tout finit, tout commence.
— Je suis l'Alpha, dit Jésus-Christ, et l'Omega.
— Les alphabets grec et latin, dans l'X immense,
Viennent s'inscrire sous la Crosse du Légat...

Tôt après, dans le chœur à l'enceinte profonde,
Le cardinal légat implore par trois fois
Le secours de Celui sans qui rien ne se fonde,
Et plus il prie, et plus il élève la voix.

L'autel, où l'Infini lui-même doit descendre,
Est ensuite l'objet de rites infinis.
Le légat met dans l'eau d'un bassin, — de la cendre
Et du sel, — puis du vin, qu'il a d'abord bénis.

Après avoir marqué l'autel de cette eau sainte,
Il le bénit, en en faisant sept fois le tour;
Il asperge trois fois encor toute l'enceinte;
Il signe d'une croix le pied de chaque tour;

Il signe de deux croix la porte occidentale;
Il part de l'Occident, il est à l'Orient;
Il bénit le transept, il bénit chaque stalle;
Il bénit le pavé, les murs, — toujours priant,

Et le Chœur chante :

O Dieu, que ta main purifie
Notre vie
Autant que la neige des monts!
Que nous puissions dans ta demeure,
A toute heure
Loin des atteintes des démons,
Te célébrer sur notre lyre
Et te dire
O Dieu bon, combien nous t'aimons!

Comment tremblerions-nous encore
Quand l'aurore
D'un jour si glorieux a lui, —
Jour de paix, de magnificence,
D'innocence,
Jour, où s'envole notre ennui,
Où Dieu nous invite à sa table
Délectable,
Où nous sommes chez nous chez lui!

Alors, tout le clergé quitte la basilique.
Il se rend au devant d'un cortège nouveau
Où rayonne, sous un dais, la triple relique,
Qui de l'Autel majeur garnira le tombeau.

Deux diacres, précédés d'un flamboiement de cierges,
La portent, à pas lents, dans sa châsse d'argent :
Os de sainte Cécile et sainte Luce, vierges,
Fragment d'un osselet de l'index de saint Jean.

Le peuple, à cette vue, autour du dais s'empresse,
Il aperçoit les Saints dans leurs restes sacrés,
Avec eux vers le ciel, il clame sa détresse
En *Kyrie eleison* désemparés.

— O peuple, ne crains pas : cette maison pierre,
Le Seigneur-Dieu veut bien l'accepter pour son toit.
Sa grâce l'environne ainsi que ta prière.
Il y va s'installer avec ses Saints et toi !

Or, le Légat et son escorte épiscopale
Se sont placés, face au Peuple, sur le parvis.
Près d'eux, à droite de la porte principale,
Enguerrand, — et sa noble épouse, vis-à-vis.

— Frère très cher, dit le Légat, ce temple auguste
N'est pas le seul témoin de votre piété.
Nous savons de quels biens (comme il est digne et juste),
Vous et la noble Dame Alips l'avez doté.

Veuillez donc maintenant ordonner la lecture
De la Charte d'offrande et de Fondation,
Qu'il nous faut revêtir de notre signature
Avant de commencer la Consécration.

La grande Charte est lue alors par un notaire.
Elle débute ainsi : « Dieu n'abandonne pas
« Ceux qui pour échapper aux vices de la terre,
« Implorent la vertu puissante de son bras.

« Donc, à sa gloire et sous le nom de Notre-Dame,
« Notre Epouse très chère et nous avons voulu
« Fonder une église, où notre corps et notre âme,
« Trouveraient l'un la paix, et l'autre le salut.

« Notre ferme désir est que douze Chanoines
« Choisis parmi les plus saints et les plus pieux,
« Dans cette église, avec autant de clercs idoines,
« Servent Dieu chaque jour pour nous et nos aïeux. »

La Charte continue en fixant ligne à ligne,
Sur quinze folios de parchemin moyen,
Les devoirs de chacun, du plus humble au plus digne :
Des clercs, du Trésorier, du Chantre, du Doyen.

Elle indique les droits propres à chaque titre,
Les règles qu'on devra suivre dans leur rigueur,
Les biens attribués aux membres du Chapitre,
Les distributions spéciales du chœur.

Suivent trois documents, qui forment corps avecque
La Charte — et dont l'ensemble la soutient :
Les approbations du Seigneur Archevêque,
Du bienheureux Clément et du Roi très chrétien.

— Notre volonté ferme est qu'on ne s'en écarte,
Dit Enguerrand, — et son épouse s'inclina.
Le Cardinal Légat, munit alors la Charte
De la bulle d'argent papale, — et la signa.

Puis, il dit à l'illustre Enguerrand : D'âge en âge,
Les Seigneurs d'Ecouis seront patrons ici.
L'Eglise assurera leurs droits de patronage.
Si le malheur les frappe, elle en prendra souci.

— Maintiendrez-vous, dit-il, s'adressant à la foule,
Les droits de cette Eglise et des Seigneurs Patrons?
Et de sa grande voix comparable à la houle,
La foule répondit : Oui, nous les maintiendrons.

Le Légat dit encor : Malheur aux sacrilèges,
Si haut placés qu'ils soient ou simplement bandits,
Qui raviraient ces biens, honneurs et privilèges!
La foule s'écria : Maudits! qu'ils soient maudits!

Maudits soient mêmement tous ceux qui par malice,
Usurperaient les biens dont notre dit Seigneur,
En ce bourg d'Ecouis, fonde et dote un hospice!
— Et la foule reprit : Malheur sur eux! Malheur!

Le Légat dit enfin : Le Très Saint Pape accorde
En vertu des pouvoirs qu'il a reçus de Dieu,
Mille jours d'Indulgence et de miséricorde
A quiconque battra ses coulpes en ce lieu,

En outre, un Jubilé de rémission pleine,
Dans cette Eglise, à l'avenir, se gagnera,
Tous et chacun des jours de la Sainte Semaine,
Quand l'Incarnation du Christ y écherra.

Et ce fut dans la foule un délire de joie.
On chantait, on pleurait, on répétait ce cri :
Béni soit notre Pape et celui qu'il envoie!
Béni soit à jamais le Seigneur Jésus-Christ!

Or, la Châsse des Saints, ayant repris sa marche,
Le peuple cette fois la suivit dans la nef :
Nouveau peuple de Dieu, dont cette châsse est l'arche,
Dont le Légat du Pape et du Christ — est le chef.

Saints du Ciel, le peuple est en fête,
Saints du Ciel, entrez dans ce lieu!

Entrez : votre demeure est prête.
C'est la maison même de Dieu.

Saints du Ciel, le peuple est en fête,
Entrez dans la maison de Dieu!

Vous avez donné votre tête,
Pour ne pas trahir votre vœu.

Saints du Ciel, le peuple est en fête,
Gardez le fidèle à son vœu!

Vous avez écrasé la Bête,
Dont la gueule lance du feu.

Saints du Ciel, le peuple est en fête,
Vous le sauverez de ce feu!

Avec vous, après la tempête,
Vous le mettrez dans le ciel bleu.

Saints du Ciel, le peuple est en fête,
Saints du Ciel, entrez dans ce lieu!

Les reliques des Saints sont ensuite placées
Dans l'autel, — au milieu de la « Confession ».
Le Cardinal, après les avoir encensées,
Assujettit dessus la pierre d'Onction,

La pierre que cinq fois il oignit du Saint Chrême...
Il la cimente. Il la scelle de son anneau.
Puis, aux cinq croix de la surface, il l'oint de même,
En souvenir des cinq blessures de l'Agneau.

— Tandis que dans le Ciel leurs âmes te bénissent,
O Christ, — les corps des Saints couchés sous ton autel,
Font entendre la voix de leur sang et l'unissent
Au mérite de ton Sacrifice immortel!

Et les encensements se continuent sans trêve...
Au-dessus des Prélats aux ors resplendissants,
L'autel semble émerger, comme une île de rêve,
Dont les fleurs sont de flamme et les parfums d'encens.

Le Légat fait le tour de cette île mystique
Sept fois, en l'encensant quatorze fois sept fois,
Cependant que du Chœur un suave cantique
Monte avec la fumée à la voûte de bois :

Que ma prière, en ta présence,
Dans le calme embaumé du soir,
S'élève, Seigneur. et t'encense
Comme l'odeur de l'encensoir !

S'approchant de nouveau de la pierre, qui porte
Les cinq croix, deux au centre, une à chacun des coins,
Le Légat y répand cette huile douce et forte,
Dont les chrétiens, avant leur baptême, sont oints.

Les encensoirs fumaient entre les mains des prêtres...
Le Légat, de l'un de ces encensoirs brûlants,
Encense derechef tout l'autel et ses êtres,
Le contourne et revient par la gauche, à pas lents.

Que ma prière en ta présence,
Dans le calme embaumé du soir,
S'élève, Seigneur, et t'encense
Comme l'odeur de l'encensoir!

Le Prélat, regagnant la pierre qui miroite,
Epanche la même huile et sur les mêmes croix,
Et, grave, recommence, en prenant par la droite,
A parfumer d'encens l'autel du Roi des Rois.

Que ma prière, en ta présence,
Dans le calme embaumé du soir,
S'élève, Seigneur, et t'encense,
Comme l'odeur de l'encensoir!

Une troisième fois, le Cardinal s'approche,
Oint les croix de l'autel du chrême du salut,
Et, cette fois, encense en partant par la gauche,
Jusqu'à ce que le tour complet soit révolu.

Il en est maintenant à l'Onction suprême,
Qui doit baigner la pierre et la sanctifier :
Il verse, en les mêlant, l'huile sainte et le chrême,
Et sa main les étend sur l'autel tout entier.

Ainsi, lorsque Jacob eût rouvert la paupière,
Après avoir vu face à face Jehovah,
Il arrosa d'une huile abondante, — la pierre
Témoin de son extase, — et la sanctifia.

Aux douze croix des murs, dont chacune a son cierge,
Le Légat continue ensuite l'onction ;
L'encensement ; — mais, c'est à l'autel que converge
Toute l'âme du Peuple, en sa dévotion.

Car, voilà tout à coup des foyers qui s'allument :
Cinq brasiers, où rayonne et crépite le feu...
Et dans chaque brasier des grains d'encens qui fument...
Et le temple est rempli de la gloire de Dieu !

Le Dieu que notre âme contemple,
Remplit de majesté son Temple :
Qu'il en soit à jamais béni !
Il embrasa jadis ta cime,
O montagne du Sinaï,
Quand il grava sa loi sublime
Aux flancs de ton rocher bruni.
C'est par une humble et douce flamme,
Qu'il se manifeste à notre âme :
Qu'il en soit à jamais béni !

Comme autrefois sur le Cénacle,
Et comme sur le Tabernacle,
L'Esprit descend du Ciel des cieux.
Il revêt le nuage sombre,
Qui le dérobait à nos yeux,
Des clartés que projette l'ombre
De l'Infini mystérieux.
Comme les âmes des Apôtres,
Esprit-Saint, embrase les nôtres!
L'Esprit descend du Ciel des cieux!

Avec le cortège qu'il aime,
Voici venir Jésus lui-même,
Parmi les flocons de l'encens.
Les Vierges chantent ses louanges;
Les chœurs des Anges sont présents;
Les Martyrs en longues phalanges,
Précédés des Saints Innocents,
Vont se ranger autour du trône,
D'où l'Agneau de Dieu les couronne
Parmi les flocons de l'encens.

La vaste église est embaumée
De cet encens de l'Idumée
Qui flotte le long de ses murs, —
Dont la suave odeur ressemble
A celle des lis les plus purs,

Aux arômes fondus ensemble
Des roses et des épis mûrs.
Dieu garde à sa Collégiale
Cette odeur chaude et liliale,
Qui flotte le long de ses murs!

Oh! qu'elle est glorieuse et belle
La Collégiale nouvelle
Aux visions de Paradis,
Lorsque sur sa blancheur sans tache,
A travers ses vitraux fleuris,
Le soleil étend un panache
De poudre d'or et de rubis!
Oh! qu'elle est belle et grande et forte
Et digne de servir de porte
Aux visions du Paradis!

Le Légat chante la Préface.
Il demande à Dieu qu'Il nous fasse
Eprouver ici sa Bonté.
Il retrace sept fois le signe,
Par qui l'homme fut racheté.
Il exalte la Vierge insigne
Que la Très Sainte Trinité,
A toutes ses œuvres préfère...
Il demande à Dieu de nous faire
Eprouver ici sa Bonté.

Apportez vite le Calice
Qu'il faut maintenant qu'on bénisse
Pour le Sacrifice Divin !
Apportez les blanches tuniques,
Les aubes, les nappes de lin
Et les étroites dalmatiques
Et l'ample chasuble d'or fin.
Il faut que tout se purifie :
Car, tout doit être esprit et vie
Pour le Sacrifice Divin.

Le Légat commence la Messe...
C'est l'heure où, suivant sa promesse,
Dieu nous réjouit de ses dons.
Comme elles sont pleines de charmes,
Les grâces que nous lui rendons.
Où sont désormais les alarmes,
Dont nous assaillaient les démons?
Elles sont la cire brûlée
Et l'odeur fétide envolée...
Dieu nous réjouit de ses dons.

Et la sainte Cérémonie,
Parmi l'encens et l'harmonie,
Se poursuit solennellement
Sans que personne dans la foule,

S'arrache à son ravissement
Pour penser au temps qui s'écoule,
Ou pour remarquer seulement
Que le soleil fuit la verrière.....

. . . .

. . . .

. . . .

. . . .

Le Sacrifice de Prière
Se poursuit solennellement.....

A M. le chanoine Goumaux, curé-doyen d'Ecouis.

—

XVIe siècle.

—

NOTRE-DAME D'ÉCOUIS

Par un clerc de la Collégiale.

Salve, Regina.
Je vous salue, Reine.

Là-bas, au fond de l'horizon,
Entre le ciel et le gazon,
Ce long bocage qui s'égrène,
C'est le bourg noble d'Ecouis.
Existe-t-il plus beaux pays
Que ceux dont Notre-Dame est Reine?

Des côteaux de l'Epte à Montreuil,
De ceux de l'Andelle à Vascœuil
Et de ceux de la Seine à Pître,
On aperçoit ses deux clochers
Droits, roides comme les rochets
Des Chanoines de son Chapître.

Eglise illustre en vérité,
Qui de tous temps a mérité
La visite des plus grands princes,
Dont les Jubilés solennels
Unissent en chœurs fraternels
Les Nations et les Provinces.

O sainte Eglise d'Ecouis,
Comme nos cœurs épanouis
Se tournent vers toi dès l'aurore!
Comme ta croix brille au ciel bleu!
Comme tu sais bien montrer Dieu
Au peuple chrétien qui l'adore!

Comme, entre les massives tours,
Ta flèche aux gracieux atours
Scintille en sa double couronne,
Et que suavement, — trois fois
Chaque jour, — sa limpide voix
Célèbre ta Dame et Patronne!

Comme tes murs sont élancés,
Dont les blocs de pierre enlacés
Portent tous des signes mystiques
Et dont les contreforts étroits
Etreignent de leurs longs bras droits
Tes vingt-six fenêtres gothiques,

Et comme sous ton porche ouvert,
Auprès du cimetière vert,
Nous attendons gaiement Matines,

A l'heure où les meneaux fluets
Eteignent les pâles bluets
Accrochés à leurs églantines!

Mais le dernier coup retentit :
Ainsi qu'un faon, chacun bondit.
On a bientôt fait sa toilette
Et pour arriver à son rang
On a bientôt mis, en courant,
Sa soutanelle violette.

Déjà s'allument nos flambeaux,
Déjà, le marbre des tombeaux
Etincelle dans la nuit sombre
Et sous la haute voûte en bois
Les Dragons goulus, aux abois,
Frémissent de voir s'enfuir l'ombre;

Et, sur les panneaux en relief
Qui, du Sanctuaire à la Nef,
Autour du Chœur auguste règnent,
Les Chimères tordent leurs corps
Comme sous un feu de remords,
Et les Nains des accoudoirs geignent.

Le Chapitre entre dans le Chœur
D'un pas solennel et vainqueur :
Les clercs en tête du cortège,
Messieurs du Chapitre, au milieu,
Et tout à l'autre bout, — Monsieur
Le Doyen. Que Dieu le protège!

Après un salut très profond
Messieurs du Chapitre s'en vont
Prendre place en leurs hautes stalles,
Nous, dans les basses, d'où nos pas
Foulent, à quelques pieds plus bas,
Leurs aînés, couchés sous les dalles.

Or çà, tout le monde installé,
Le Semainier d'un ton voilé,
Demande à Dieu d'ouvrir nos lèvres.
Nos lèvres s'ouvrent sur le champ
Et les plus longs mots du plain-chant
En bondissent, comme des lièvres.

Nos Messieurs semblent s'éjouir
Si grandement à nous ouïr
Qu'ils en sont distraits de leurs psaumes,

Et sortent, pour entendre mieux,
Des aumusses au poil soyeux
Leurs blanches têtes de fantômes.

Même nos bons seigneurs défunts,
Etendus le long des murs bruns,
Les Marigny, les Roncherolles,
Lèvent parfois leur front transi,
Sans doute, pour entendre aussi
Plus distinctement les paroles.

Les versets roulent en ruisseaux,
S'inclinent comme des roseaux,
Virent comme des girouettes,
Frétillent comme des poissons,
Ondulent comme les moissons,
Montent comme les alouettes,

Frissonnent comme les bouvreuils,
A l'approche des écureuils,
Vocalisent comme les merles,
Retombent de haut brusquement
En mille notes d'agrément
Comme des cascades de perles,

6

Font vibrer là bas le vitrail
Qui surmonte le grand portail,
Puis, comme un vol d'anges qui joue,
Viennent gazouiller sans effroi
Près de « la Madone du Roi »
Et baiser doucement sa joue,

Puis redescendent sept par sept,
Caressant les saints du transept
Et de la nef, — du bout de l'aile,
Non sans réveiller en chemin
L'orgue que porte sur la main
Sainte Cécile en sa chapelle.......

O Notre-Dame d'Ecouis,
Comme nos cœurs épanouis
Se tournent vers toi dès l'aurore!
Et comme il fait bon de s'asseoir,
A tes pieds, lorsque vient le soir,
Pour t'aimer et chanter encore.

3 janvier 1901.

A M. JULLIEN PAUL, chanoine, à Écouis.

16 septembre 1615

L'INSTALLATION DE M. VINCENT

« Le mercredi 16 septembre 1615, maître Vincent de Paoul, prêtre, bachelier en théologie, à présent trésorier de cette église... s'est présenté en personne..... »

(*Registres de la Collégiale*).

Monsieur Paul a deux ans. Il est tenace en diable,
Légèrement frondeur, bouillant, original :
Il emplit le château d'un tumulte effroyable :
Bref, on ne croirait pas un futur Cardinal.

Monsieur Henri, quatre ans, est d'une grâce extrême,
Le portrait de sa mère, à ce que chacun dit,
Alors que son puiné, dès sa naissance même,
Eut toute l'impétuosité des Gondi.

Monsieur Pierre, l'aîné, ne manque pas de grâce.
Il a mieux. Il est brave, autant qu'audacieux.
Il rêve d'égaler les héros de sa race :
Le maréchal de Retz et ses autres aïeux.

Or, c'est Monsieur Vincent, — dont la main magistrale
A la direction, voilà tantôt deux ans,
De Monsieur et de Madame la Générale —
Qu'ils ont aussi chargé de Messieurs leurs enfants :

Charge, que le cadet surtout — rendra gênante...
Mais, il en est encore à l'âge du jouet.
Comme formation, c'est de sa gouvernante
Qu'il reçoit jusqu'ici des fouaces, — ou le fouet.

Monsieur Vincent de Paul n'arrive pas du reste
De Magny, ce matin, en chaise à deux chevaux,
Pour remplir les devoirs de sa charge modeste,
Mais pour..... se résigner à des honneurs nouveaux.

Car, Monsieur de Gondi, général des galères
Sur les mers du Levant, du Ponant et du Nord,
Faisant usage de ses droits capitulaires
Lorsque le Trésorier, Monsieur Leroux, fut mort,

Promut Monsieur Vincent Trésorier et Chanoine.
Celui-ci même a pris déjà possession
Par procureur, au temps où fleurissait l'avoine.
Il s'en vient aujourd'hui pour l'Installation.

Plus l'ombre en son esprit du pénible scrupule
Qu'au prime abord à ce sujet il avait eu.
La Charte, de l'avis de Monsieur de Bérulle,
A décidé son cas, au seizième statut.

Il pourra donc, sans résider, jouir du titre
De Trésorier, avoir sa part de revenus
Et garantir, dans ses dépenses, le chapitre :
« Pain pour les meurt de faim, vêtements pour les nus. »

Quelle joie!... et comme il est juste qu'il affronte
L'aumusse, le rochet, le vaste manteau rond
Sans ostentation, comme sans fausse honte,
Puisque les miséreux en bénéficieront.

Il descend au Château, mais à peine y demeure,
Le temps de saluer Madame et ses trois fils :
— Monsieur Paul est à l'un de ses mauvais quarts d'heure.
— Monsieur Vincent reprend le chemin d'Ecouis.

La chaise est, Dieu merci, plus vive que le coche.
Dès que s'est réuni le Chapitre privé,
Dans la Bibliothèque, au second coup de cloche,
Monsieur Vincent de Paul arrive, — est arrivé.

Le Maître des Enfants de chœur, Monsieur Lévêque
L'attendait au portail en surplis et manteau.
Il le mène tout droit à la Bibliothèque,
Dont la porte sur lui se referme aussitôt.

Neuf chanoines sont là, front sévère, âme bonne :
Messieurs Caron, Mallet, — le promoteur élu, —
Dupré, Desmay, doyen et docteur en Sorbonne,
Nourquier, Blondel, Framez, Tuvée et Grosmoulu.

Devant Monsieur Vincent le Chapitre se lève.
Monsieur Vincent salue avec humilité.
Le Chapitre, par une inclination brève,
Témoigne de sa grâce et de sa dignité.

Monsieur Vincent expose alors en quelle estime
Il tient le vénéré Chapitre Escovien,
Qu'en étant, depuis Mai, chanoine légitime,
Aujourd'hui, c'est pour y prendre stalle, qu'il vient.

Le Doyen lui répond : « Nos vœux de bienvenue,
« Maître Vincent de Paul, vous accueillent ici :
« Votre haute vertu nous eût été connue
« Du fait que nos Seigneurs Patrons vous ont choisi.

« Mais nous savons en outre avec quelle vaillance
« Vous avez tour à tour étudié, souffert,
« Moissonné le laurier au champ de la science,
« Subi pour Jésus-Christ les entraves de fer.

« Outre plus, nous savons les multiples offices
« Que vous avez déjà remplis honnêtement
« Et d'où nous inférons sans peine quels services
« Peut attendre l'Etat de votre dévouement. »

Monsieur Vincent fit assez bonne contenance
Sous l'éloge en trois points du Doyen d'Ecouis.
Ensuite, il lui remit, comme veut l'Ordonnance,
Les papiers, parchemins et diplômes requis.

Le Doyen les parcourt et reprend la parole :
— « Maître Vincent, dit-il, dans la Fondation
« De ce noble Chapitre, avez-vous lu le rôle,
« Les droits et les devoirs de votre fonction?

Monsieur Vincent : « J'ai lu les lettres authentiques
« Que votre Révérence a daigné m'envoyer.
« C'est, ai-je vu, sur les Chartes et les Reliques
« Que votre Trésorier, avant tout, doit veiller.

« Il doit fournir aussi les ornements, les livres,
« Le pain, le vin, pour les messes, chaque matin,
« Entretenir l'autel de cierges de deux livres;
« Il a le choix du clerc sonneur et sacristain.

« Mais, lorsque, dans le cas de l'article seizième,
« Où nous nous rencontrons justement aujourd'hui,
« Il ne peut faire face à ces soins par lui-même,
« C'est à son suppléant d'en répondre pour lui.

— « Aussi, Maître, nous vous en accordons décharge,
« Interrompit Monsieur Desmay. Ce parchemin
« Porte l'exception, dont vous parlez, en marge.
« Nous vous prions de le signer de votre main. »

Monsieur Vincent de Paul lit la formule et signe.
Le voilà désormais pleinement engagé
Dans le Canonicat. Il en revêt l'insigne.
Après quoi, le Baiser de Paix est échangé.

Soudain, tous les échos de l'église frissonnent :
On entend parmi le frémissement des tours
Les voix sonores des douze cloches, qui sonnent
Et clament ce Baiser de Paix aux alentours.

De la Bibliothèque on a rouvert la porte.
Les douze clercs se sont rangés des deux côtés.
Avec Monsieur Vincent, auquel il fait escorte,
Le vénéré Chapitre avance à pas comptés.

On entre dans le Chœur — ce merveilleux cénacle!
Une antienne est chantée au Très Saint Sacrement,
Tandis que prosterné devant le Tabernacle,
Monsieur Vincent de Paul adore longuement.

La Vierge d'Ecouis, royale et liliale,
Voit vers elle à son tour le cortège venir.
Monsieur Vincent, dans sa piété filiale,
Laisse échapper un pleur qu'il ne peut retenir.

Puis, il est à l'Autel où luit mainte relique
A travers le cristal des reliquaires d'or.
— « Chaque année, en a lieu l'ostension publique,
« Dit le Doyen : c'est là notre premier trésor.

« Dans leur ordre, à partir des tentures de laine :
« Les châsses de saint Prix et de saint Fuscien,
« Les châsses de saint Blaise et sainte Madeleine,
« Celle du saint Docteur et Martyr Cyprien.

« Au-dessus, — comme ayant de droit la préséance,
« — Le Crucifix sculpté du vrai bois de la Croix
« Par le Bienheureux Grégoire de Nazianze. »
Les Chanoines saluent, graves comme des Rois.

— « Quand notre Fondateur s'en allait à l'armée,
« Dit encor le Doyen, il emportait sur lui,
« Un doigt de saint Louis, relique renfermée,
« Comme elle l'est toujours, dans ce vermeil étui.

« Et cette crosse enfin, d'une élégance grecque,
« Appartint autrefois aux frères d'Enguerrand.
« Monsieur le Trésorier la remet à l'Evêque,
« Dont nos enfants de chœur font choix, un jour par an. »

A ces mots, un sourire effleura bien des lèvres
Et bien des petits yeux lancèrent des éclairs :
Mais, on doit contenir ses plus ardentes fièvres,
Quand d'un si glorieux Chapitre on est les clercs.

De nouveau, le cortège est dans le Sanctuaire
Pour la Prestation du serment solennel.
Comme on célébrera demain l'anniversaire
Des Dédicaces de l'église et de l'autel,

Celui-ci disparaît sous les tapisseries
Où l'art a détaillé ses plus riches couleurs,
Sous les porte-flambeaux et les orfèvreries,
Que l'Eté finissant mêle encore de fleurs.

Un fauteuil spacieux, — et brillant comme un trône, —
Est établi sur le milieu du marchepied.
Le Chapitre, alentour, se dispose en couronne
Et Monsieur le Doyen dans le fauteuil s'assied.

Et l'on voit, près de lui, deux clercs presque immobiles,
Droits dans leur soutanelle et leur surplis à col.
Pardevant lui, les mains sur les saints Evangiles,
Prêt à faire serment, Monsieur Vincent de Paul :

— *Promittisne*, dit le Doyen, *servaturum*
Quæ fert Charta major ubi de Thesauro,
Aut, si nequiveris per dignum alterum?
Monsieur Vincent répond : *Sic volo; sic juro.*

Or, les clercs comprenaient : Voulez-vous nous promettre
D'être un digne chanoine en ce collège-ci?
C'était bien en effet le sens, sinon la lettre.
Et la réponse fut : Oui, je le jure ainsi.

L'escorte se reforme : elle franchit la dalle
De la Dame au front blanc d'un voile noir nimbé.
Enfin, Monsieur Vincent est assis dans sa stalle
A la suite du Chantre, à gauche du Jubé.

Monsieur Tuvée alors (car, c'est lui le grand Chantre)
Lance, bâton en main, l'antienne *Hœc est domus*,
D'une voix, qui jusqu'au fond de l'âme vous entre
Et Monsieur le Doyen, ayant dit l'*Oremus*,

Conclut : « Maître Vincent, l'installation faite,
« Rien ne vous manque plus des droits du Prébendier,
« Vous assisterez donc demain à notre fête
« Comme Chanoine en titre et comme Hebdomadier. »

Or sus, le lendemain, jour de la Dédicace,
Dans un large et soyeux aumusse enseveli,
Monsieur Vincent suivit la messe de sa place,
Heureux de commencer à rentrer dans l'oubli.

On ne l'oubliait pas d'ailleurs. Plus d'une tête
S'avançait gauchement pour l'observer un peu,
Mais, vite, revenait à l'objet de la fête,
Tant son air recueilli faisait penser à Dieu.

Pourtant, jusqu'à la fin, comme un aspic qui bouge,
Monsieur Paul de Gondi le contempla si bien,
Qu'il n'eut d'autre regard que pour la robe rouge
A traîne — et l'anneau d'or de Monsieur le Doyen.

La messe terminée, on psalmodia sexte,
Avant de retourner chacun à sa maison :
Car, on peut venir tôt; mais, sous aucun prétexte,
On ne s'efface avant la dernière oraison.

Monsieur Vincent, avec sa bonne modestie,
Chanta cette oraison, ni trop bas ni trop haut,
Puis, avec ces Messieurs, gagna la sacristie,
Où l'on fit toutes les révérences qu'il faut :

Et comme on met la nappe où l'on chanta l'Epître,
Suivant un très ancien et sage règlement,
« *Il retint à dîner le Vénéré Chapitre*
Pour faire honneur à son joyeux avènement. »

18 avril 1802

—

LA TERREUR A ÉCOUIS

(Récit d'un témoin).

« ... J'ai assisté à ce specquetacle odieux. Vous auriez dit d'oiseaux de proie qui dévorent ce qu'ils rencontrent ... »

(Ecouis, Archives de la Fabrique).

Le Trésor d'Ecouis m'ayant ouvert ses portes,
Je remuais, pensif, l'amas de feuilles mortes,
Qui, depuis le premier Empire, y jaunissait,
Quand soudain j'en sentis une qui frémissait;
Et voici, pour autant que j'ai bonne mémoire,
Ce que j'ai déchiffré du vivace grimoire :

En tête : Fini le dix huit avril de l'an
Mil huit cent deux, par moi, le cordonnier Alan.

Puis, le détail qui suit — en encre indélébile :

« Ce fut pendant huit ans la discorde civile...
« De l'ancien Chapitre, plus rien.
« Un chanoine signait : « le citoyen Biville » ;
« Un autre : « Denise, ex-doyen ».
« D'autres, pour leurs maisons, faisaient mainte requête
« Désireux de n'en point sortir.
« Pendant ce temps, à l'échafaud livrait sa tête
« Monsieur Saint-Hallé, ce martyr,

« Et l'abbé Mélissent au prisonnier de guerre
« Notre grenadier Galopin,
« — Là bas, sur les pontons, où l'on ne mangeait guère, —
« Partageait son morceau de pain.....

« Chez nous, les braves gens se terraient. — Le cynisme
« Des Jacobins s'en prévalait.
« Leclerc, en exploitant quelques grands mots en ISME,
« Persuadait ce qu'il voulait.
« Tous les impôts étaient des « dons patriotiques. »
« Le « civisme » exigeait de nous
« Que nous abandonnions nos coutumes antiques,
« Que nous nous mettions à genoux,
« Avec tous les dehors d'une ferveur extrême
« Devant « la Raison » aujourd'hui,
« Au décadi suivant, devant « l'Etre suprême »,
« Le reste du temps devant lui.

« Le Maire et son Conseil étaient en surveillance.
« La Mairie et le Comité
« Délibéraient, paperassaient sans défaillance
« Autant que sans nécessité.
« La mère Godeheult en vendit des chandelles,
« De la cire fine, — des mains
« De papier pot, de l'encre et des plumes bouts d'ailes,
« A ces enragés écrivains!

« Quand les discussions avaient été tardives,
« Pour se reposer de ces nuits,
« Il semblait bon, avec « les frères de Verclives »,
« De vider barriques et muids!

« Occasion trop rare! Et d'ailleurs la besogne
« Ne vous laissait pas un moment :
« Il fallait recevoir « nos frères de Dordogne »,
« Dont s'annonçait le régiment,
« Il fallait envoyer au secours de « nos frères
« Les sans-culottes de Vernon »,
« Notre « double fusil », avec nos volontaires,
« (N'ayant point encor de canon).
« Il fallait assurer le toît, le pain, le cidre
« A nos gardes nationaux.
« — Surtout si les tyrans ressuscitaient leur hydre,
« Il fallait briser ses anneaux...

« Leclerc était partout et toujours de service,
« Comme procureur communal
« Syndic de la Fabrique et syndic de l'hospice,
« Ou comme agent national.
« Il gourmandait le maire, il talonnait le prêtre,
« Il était brutal ou moqueur,
« Suivant l'occasion. — Il commandait en maître,
« Au Conseil, à l'Hospice, au Chœur.

« Mais, où ce méchant homme employa sa maîtrise
« De la plus horrible façon,
« Ce fut dans notre belle et malheureuse église...
« Il était pourtant franc-maçon.

« On avait commencé par dresser l'inventaire
« Du trésor et du mobilier.
« On n'avait oublié ni la moindre patère,
« Ni le plus simple chandelier.
« Le mois d'après, argent, or, émaux, améthystes,
« Tant de reliquaires de prix
« Que de si loin venaient admirer les artistes,
« Furent « dirigés » sur Paris,
« Tandis que, sous la halle, un huissier, par brassées
« Attribuait au plus offrant,
« Avec des livres et des étoffes passées,
« La cotte perse d'Enguerrand !

« Entre temps, sa statue et son grand mausolée,
« Sous la pioche des destructeurs,
« Rejoignaient, à travers l'église désolée,
« Ceux de nos autres bienfaiteurs.
« Le Jubé fut détruit. On en scia les grilles.
« On enleva jusques aux lys
« Qui de nos deux cadrans terminaient les aiguilles.
« Parmi les panneaux démolis

« Qu'on avait relégués à la bibliothèque
« Dans un pêle-mêle hideux,
« On mit l'Icône de la Vierge, — et l'Archevêque *.
« Je les ai sauvés tous les deux.

« Mais, bientôt nos malheurs furent poussés au pire.
« Leclerc redoubla ses exploits.
« Notre église subit ses fureurs de vampire
« En exécution des Lois.
« D'abord, ses tâcherons saccagèrent les dalles
« Du Chœur, — puis celles de la Nef.
« Rien ne fut épargné par ces nouveaux vandales :
« Ils étaient dignes de leur chef.
« Dix huit cercueils gisaient sous le Chœur. Ils les prirent
« A leurs mystérieux arceaux ;
« Puis, à coups répétés de pics, ils les ouvrirent,
« Gardant le plomb, jetant les os.

« Nous assistions plus morts que vifs à cette scène,
« Monsieur Soulès, le maire, — et moi ;
« Hélas ! et pour ne pas exaspérer leur haine,
« Nous devions taire notre émoi.
« Pour eux, on aurait cru qu'ils étaient à la fête.
« — Voici le crâne d'Enguerrand,
« Nous dit Leclerc en nous présentant une tête.
« O Dieu, qu'il était large et grand !

« Je voulus le cacher; mais, cette bête fauve
« L'aperçut dans mon tablier,
« Et l'un d'eux repoussa le large crâne chauve
« Dans le caveau, — d'un coup de pied.

« Le jour suivant, Leclerc soumit à la Commune
« Cette observation d'esprit :
« — Douze cloches, c'est trop, puisqu'il suffirait d'une ».
« Le Conseil général comprit.
« Vite, il délibéra que l'on vendrait six cloches
« (Pour commencer), sans leurs battants.
« Etait-ce qu'il craignait d'entendre leurs reproches?...
« Le démontage prit du temps.
« Quand elles furent de leurs clochers descendues,
« On accourut des alentours
« Et beaucoup sanglotaient tout haut de voir vendues
« Les voix vibrantes de nos tours.

« Après avoir atteint Andely, non sans peine,
« Gémissant à chaque cahot,
« Les cloches d'Ecouis s'embarquèrent en Seine
« Et furent à Rouen, bientôt.
« Elles du moins ont combattu pour la Patrie,
« Lorsque le Rouennais Orfer
« Eut tiré de leur bronze écumant en furie
« Deux canons qu'il cercla de fer.

« Mais, le plomb des cercueils et tant d'autres richesses
« Que par la suite l'on vendit.
« Le prix n'en servit-il qu'à faire des largesses?
« Leclerc n'en a jamais rien dit.

« Comme sur l'arbre mort, un renouveau de vie
« Grouille pour mourir à son tour,
« La disparition des prêtres fut suivie
« De fêtes qui n'eurent qu'un jour.
« L'Eglise alors ayant perdu sa raison d'être,
« Le Chœur devint un magasin,
« La nef un atelier. On brassa le salpêtre
« Au milieu, — sous « le petit saint » **.
« Et les toits découverts laissaient à nu les voûtes;
« Les vents par les brèches passaient :
« Car, les lambris sculptés ne les fermaient pas toutes
« Les murailles se verdissaient.....

« Mais, enfin, grâce à Dieu, voici la délivrance!
« Un général, homme d'Etat,
« A réconcilié l'Eglise avec la France
« Et nous fêtons ce Concordat.
« Quand notre vieux curé ***, de retour d'Angleterre,
« Chantait la messe ce matin,
« Quel bonheur de le suivre en son saint ministère,
« Et de l'entendre en son latin,

« Et de penser que les nids des oiseaux de proie
« Etaient écrasés à jamais!
« Après ce *Te Deum* de triomphe et de joie,
« Seigneur, je puis mourir en paix! »

* La statue de Jean de Marigny, archevêque de Rouen.

** « Le petit saint ». On donnait ce nom à la cloche du clocher central.

*** M. l'abbé Lefèvre.

AU CORDONNIER ALAN

Oui, dors en paix, Alan, comme il convient au juste,
Son labeur accompli.
Dors en paix, cordonnier, modèle d'homme fruste
Par son âme anobli.

Ton indignation, ton horreur des décombres
Amassés par Leclerc
Traversent à propos ces jours vraiment trop sombres
D'une lueur d'éclair.

Et j'aime t'écouter lorsque tu stigmatises
Les stupides orgueils
Dont l'idéal était de souiller des églises,
D'éventrer des cercueils.

Des fautes d'orthographe échappaient à ta plume :
Mais qu'ils étaient français
Et vifs, comme l'acier au sortir de l'enclume,
Les mots que tu lançais!

Et quelle émotion d'artiste fut la tienne
Quand tu craignis, Alan,
Que ne tombât sous la fureur antichrétienne
Ta Vierge en marbre blanc.

Pour ton évêque Jean, tu tressaillis de même :
Alors, sans barguigner,
Tu montras qu'on s'expose à tout pour ce qu'on aime!
— GLOIRE A TOI, CORDONNIER!

Au Commandant Beuve, des Chasseurs d'Afrique.

—

14 octobre 1870

—

LE COMBAT D'ÉCOUIS

Spes illorum immortalitate plena est et in tempore erit respectus illorum. (Sap. III, 4).

Leur espérance est pleine d'immortalité et dans le temps, les regards s'arrêteront sur eux.

(Texte de l'Oraison funèbre prononcée par M. le chanoine Acard, dans l'église d'Écouis, au 25e anniversaire du combat.)

L'Invasion.

Paris est enfermé, bloqué dans ses remparts,
Et, tandis qu'alentour sourdent de toutes parts
Des gerbes de fumée, où la mitraille tonne,
Les « Uhlans de la Mort » au profil assassin,
Comme un vol de corbeaux sur la plaine en automne,
Viennent en tournoyant saccager le Vexin.

Gisors pris, Hohenlohe en fait sa citadelle.
Le général Briand, replié sur l'Andelle,
Maintient en éclaireurs les postes d'Écouis
Mais n'en reçoit que des renseignements funèbres :
Étrépagny perdu, — tels villages détruits,
Qu'on voit flamber au loin, la nuit dans les ténèbres...

Les hussards d'Écouis sont quarante environ.
Beuve, de Girardin et de Ré, le baron,
Ont en leurs mains le cœur et les yeux de ces hommes.

Or, le taupier Blanchet, le treize octobre au soir,
Apercevant de Ré, court à lui par les chaumes :
« Ce qu'il sait, il l'en doit informer sans surseoir :

« Un groupe de uhlans est à Saussay-la-Vache.
« Un deuxième vers la Hunière se détache
« Et j'ai vu derrière eux des prussiens à pied :
« Je tiens d'un officier qu'ils pensent vous surprendre :
« Un envahissement de rats, foi de taupier!
— « Merci, lui dit de Ré. Nous allons les attendre. »

Mouvement tournant.

Mais ce fut seulement au jour, le lendemain,
Que, devant la Hunière, au milieu du chemin,
On vit quatre allemands à cheval, apparaître.
Aussitôt, un coup part. L'un d'eux est jeté bas.
L'un des hussards de Beuve a fait ce coup de maître,
Du « plant à Cuisinier », à plus de mille pas.

Les uhlans n'osent point prolonger la parade.
Ils s'enfuient donc, en emportant leur camarade.

Mais, soudain, l'ennemi de se multiplier :
Quatre cents bavarois aux allures massives
Prennent position auprès du peuplier,
Que longe le chemin de Frenelle à Verclives.

Ils commencent un feu de salve en éventail.
Nos pommiers, qui n'ont pas des airs d'épouvantail,
N'en sont pas moins criblés de plomb comme des cibles.
Leur écorce vole en éclats sur le blé vert :
Mais, les hussards français demeurent invisibles :
Ils se sont mis à temps sous un meilleur couvert.

A la faveur de cette attaque, — sur les ailes,
D'un côté vers Lisors, de l'autre vers Frenelles,
Partent au grand galop deux troupes de uhlans.
Regardez-les passer, en tourbillon farouche, [blancs,
Sous leurs grands manteaux noirs, brodés de crânes
Lances ou pistolets aux poings, rênes en bouche.

Quel est leur but? — Sans doute, après de longs détours,
Nous cerner : Un vieux jeu qui réussit toujours.
Le premier escadron tourne à la Mésangère.
Une enfant ramenait quelques vaches des champs;
— « Rentrez, lui dit un chef, rentrez vite, bergère.
« Songez que les baisers des balles sont méchants. »

Le deuxième escadron, comme un torrent, dévale. —
C'est lui que touchera le baiser de la balle.
Au moment où, passant derrière Mussegros,
Il se flatte déjà d'achever à merveille
Son tour de malendrins plutôt que de héros,
Le feu des franc-tireurs du Havre le réveille.

Mais, il n'a devant lui que peu de tirailleurs :
Il fond sur eux, il en prend un et court ailleurs.
Les autres vont conter l'échauffourée à Beuve :
« On nous cerne, dit-il. Hâtez-vous d'avertir
« Le Commandant. Pour nous, quelle que soit l'épreuve.
« Notre poste est ici : nous n'en pouvons partir. »

Dans les ravins de la forêt abandonnée
Les allemands ont poursuivi leur randonnée,
Ils sont allés de l'ancien camp romain, jusqu'à
La route d'Écouis aux Andelys : « Tonnerre !
« Ce sont bien des uhlans, dont je vois la chapska,
« Dit le baron, perdant son sang-froid ordinaire.

« Qu'on relève aussitôt les postes ! Les renards
« Maintenant tendent aux chasseurs des traquenards ! »

Avec les hussards du chemin de Cressanville
Il atteint promptement la route de Fleury.
Bientôt, suivi des siens, de Girardin défile,
L'air abattu, les yeux mornes, le cœur meurtri.

La Poste hisse le drapeau de l'ambulance.
Derrière les soldats, un camion s'élance
Plein de paquets, qu'on y tassa fièvreusement...
Et les terreurs des jours passés se sont accrues :
Tout à l'heure, les lourds chevaux de l'allemand
Broieront de leurs sabots le pavé de nos rues.

Les hussards du baron et ceux de Girardin
Se joignent, près du bourg, au deuxième jardin.
Mais Beuve n'est pas là. D'où vient que Beuve tarde?
Par le plus malheureux des hasards, aurait-on
Omis — de relever Beuve de sa grand'garde ?
— « Quelqu'un pour Beuve et ses hommes ! » dit le baron.

Cernés !

« Présent ! » répond Sanson le trompette, — et si vite
Son cheval blanc, ventre à terre, se précipite,

Qu'il est, en un clin d'œil, à l'autre bout du bourg.
« Beuve est resté! Beuve est resté! » Cette nouvelle
Non moins rapidement de porte en porte court
Pénétrant tous les cœurs d'une angoisse cruelle.

Car, on chérissait Beuve : Il était jeune encor.
Un regard énergique et loyal, un cœur d'or.
Et l'on aimait Pinard, l'engagé volontaire,
Fils du ministre — et Scribe, un franc luron — et Cheux,
Et l'avocat Méry, de Nantes, et Lemaire
Et les autres vaillants oubliés avec eux.

Or, les premiers hussards sont à Brémulle à peine,
Que déjà les uhlans interceptent la plaine :
L'escadron de Lisors barre comme d'un trait
La route impériale, au val de la Folie;
Le deuxième, qui fit le tour par Villerest,
S'en rapproche au galop et tantôt s'y relie.

Il n'est plus de chemin, ni de sentier ouvert.
Comme une vive haie aux épines de fer
L'allemand est partout, du côté de Verclive,
Du côté d'Andely, du côté de Lyons.

Beuve avecque Sanson et ses hommes arrive.
On les cacherait bien : mais, cacher des lions!

Beuve dit : « Les amis, c'est la geôle allemande
« Ou la mort ici près, dans la plaine normande!
« Je préfère la mort! Aux uhlans! Aux uhlans! »
Les voilà tous partis du côté de Brémulle,
Quand soudain, près du bourg, se jette sur leurs flancs
Un groupe d'ennemis qu'un jardin dissimule.

Ce choc inattendu rompt les nôtres : « Rend'as!
« Rend'as! » crient les uhlans autour de nos soldats.
Beuve leur répond : « Feu! ». — La fusillade éclate,
Des uhlans sont atteints. Le cheval de Sanson
A sur sa robe blanche une plaie écarlate.
Un coup de lance l'a touché près de l'arçon.

Séparés de leur chef, neuf des nôtres s'esquivent
Par les champs. Quant à Beuve et les cinq qui le suivent,
Eperonnant au sang leurs montures, ils vont...
Paraît alors, vivante et puissante redoute,
Le corps des cavaliers établis dans le fond
Du Val de la Folie — et qui barrent la route.

Un combat de géants.

Comme des sangliers, à travers la forêt,
Dans cet épais massif de lances en arrêt
Le peloton de Beuve entre avec violence.
Fusils et pistolets partent du même coup,
Les chevaux, éraflés par l'épée ou la lance,
Se cabrent, hennissant, ou se mettent debout.

Quelques-uns des hussards obliquent sur la droite,
D'autres prennent du champ; mais, l'arène est étroite.
Les uhlans rencontrés d'abord sont accourus
Les presser, les heurter les uns contre les autres :
« Rend'as! » crient-ils encor. Des coups rudes et drus
Sont la réponse dont se contentent les nôtres.

Beuve et Sanson font des prodiges de valeur,
Blessés tous deux, tous deux plus forts que la douleur.
Beuve tient en respect la meute prussienne.
Son épée a le fil de celle de Roland.
Sanson n'ayant pas pu, lui, dégainer la sienne,
Avec son chassepot assomme le uhlan.

Sur le bord du chemin plusieurs des nôtres tombent.
A leurs blessures, Scribe et Lemaire succombent,
Scribe a reçu dans le visage un coup de feu
Alors qu'il s'effaçait pour parer une branche :
Son noble sang rougit son dolman blanc et bleu.
Lemaire est mort d'un coup de lance dans la hanche.

Pinard, Cheux sont blessés. Ils tombent à leur tour.
Un uhlan, qui jouit d'un instinct de vautour,
Le uhlan, dont la lance a traversé Lemaire,
La pointe encore sur Pinard avec vigueur :
Pinard doit son salut aux lettres de sa mère
Qu'il porte comme un scapulaire sur son cœur.

Plus d'un uhlan aussi cède au coup qui le perce,
Lâche rênes et lance et tombe à la renverse :
Huit sont frappés à mort. Trente autres sont blessés.
Leurs corps sur le chemin ou les bordures d'herbes
Sont dans un aussi grand désordre, dispersés,
Qu'après un ouragan, des moyettes de gerbes.

Pendant ce temps, d'un même élan Beuve et Sanson
Avançent lentement leur sanglante moisson.
Le sabre de Beuve est une faulx et qui fauche.
Sanson, en vrai Samson, auprès de lui s'ébat :

Sur les épis aigus, et de droite et de gauche,
A l'instar d'un fléau, son chassepot s'abat.

Sanson a sur le dos sa trompette lacée :
D'un formidable coup de sabre elle est cassée.
Elle sauve Sanson de la mort. Mais, hélas!
Un coup de lance aussi brutal le désarçonne.
En rencontrant le sol, il entend comme un glas :
C'est la dernière fois que sa trompette sonne.

Beuve lutte toujours : Il est seul maintenant.
L'essaim des ennemis l'entoure en bourdonnant.
Il était sur le point d'échapper à leur rage
Quand ils ont refermé leur cercle autour de lui;
Mais leur acharnement échauffe son courage,
Et le tonnerre est près lorsque l'éclair reluit.

Un géant prussien, un chef, un capitaine,
Jugeant que la victoire est désormais certaine
S'approche et va porter à Beuve un coup fatal.
Beuve l'a prévenu : Son sabre, comme un coutre
Dont les pierres ne font que polir le métal,
Transperce le géant prussien d'outre en outre.

A ce coup, l'ennemi recule de terreur
Mais revient aussitôt et charge avec fureur :
Beuve a gagné le champ voisin : Son sang ruisselle.
Comme pour éviter un arbre il s'est baissé,
Une lance l'atteint au visage, il chancelle...
Une autre à la nuque, il roule dans le fossé.

Après le combat.

Les uhlans, sans pousser un seul cri de victoire,
Car, ils sont plus friands de butin que de gloire,
Descendent de cheval et n'ont point de remords
D'enlever aux français leurs montres ou leurs bagues.
Beuve et Sanson fouillés, ils les laissent pour morts :
Pinard sent à nouveau la pointe de leurs dagues.

Au travers d'Écouis, têtes et casques droits,
Passent à ce moment les troupiers bavarois,
Qui, vers Saussay, depuis l'aube, occupaient la route.
Voyant que l'action vient de se terminer,
Ils sortent de leurs sacs leur biscuit, leur choucroute,
Et sans plus de façon se mettent à diner.

Pendant ce temps, là-bas, au Val de la Folie,
L'ennemi, tout entier à sa rapine, oublie
De surveiller de près ceux qu'il a détroussés,
Alors, Beuve et Sanson, secouant leur souffrance,
Se lèvent à moitié, rampent par les fossés,
Gagnent Brémulle : ils sont sauvés : Vive la France!

Vive la France!

Vive la France qui, dans ses soldats, tomba
Et fut foulée aux pieds, comme eux, dans le combat
Et dont le corps en eux fut haché par le glaive!
Avec eux, je la vois qui triomphe du sort;
Avec eux, je la vois qui revit; qui se lève;
Avec eux, je la vois qui reprend son essor.

Honneur à ceux des siens qui moururent, les braves,
Plutôt que de subir de honteuses entraves :
Peut-on nommer vainqueurs des bandits, des bourreaux?
Non, grâce à Dieu, les vrais vainqueurs, dans l'occurence,
Ce furent nos hussards, ce furent nos héros!
Ce fut toi, dans tes fils, notre mère la France!

A NOS HUSSARDS

Air des *Cuirassiers de Reichoffen.*

1. Ils sont partis, nos soldats intrépides.
Leurs *En avant* ont ébranlé les airs.
Ils sont partis sur leurs chevaux rapides
Dont les sabots font voler des éclairs.
Pour amortir le tranchant de l'épée,
De leur mouchoir ils s'entourent le poing :
Ils vont risquer la suprême équipée :
Car, pour la France ils ne marchandent point.

REFRAIN

Nos cavaliers narguent tous les hasards.
Les voyez-vous charger avec furie?
Vive la Mort, quand c'est pour la Patrie!
Honneur et gloire à nos braves hussards!

2. Auprès d'Ecouis, accourant de la plaine,
Trente allemands assaillent nos soldats
Et d'une voix, que renforce la haine,
On les entend crier : *Rend'as! Rend'as!*

— *Feu!* répond Beuve et les balles crépitent
Et l'ennemi lâche vite nos flancs,
Beuve et les siens, tout droit se précipitent :
Mais, devant eux, voici deux cents uhlans!

3. Au chassepot a succédé le sabre
Quand retentit le formidable choc.
La lance mord. Plus d'un cheval se cabre.
Le sabre joue et de taille et d'estoc.
Les cinq vaillants, auxquels Beuve commande,
Lemaire, Cheux, Pinard, Scribe, Sanson,
Sans s'effrayer de la horde allemande,
A vingt uhlans ont fait vider l'arçon.

4. Mais, autour d'eux, l'ennemi se reforme.
Scribe, en plein front, reçoit un coup de feu;
Lemaire, au flanc, porte une plaie énorme :
Leur sang rougit leur dolman blanc et bleu.
Pinard et Cheux tombent près de Lemaire.
Deux fois Pinard se voit viser au cœur.
Il gardait là les lettres de sa mère :
Deux fois la lance y perdit sa vigueur.

5. Seuls contre tous et couverts de blessures
Beuve et Sanson font un chemin sanglant.

De grands revers, de pointes non moins sûres
A chaque coup, Beuve atteint son uhlan.
L'un près de l'autre, ils cherchent une issue
Pour rallier leur chef et leur drapeau.
Le preux Sanson, en guise de massue,
A droite, à gauche, abat son chassepot.

6. Un officier, à la mine hautaine,
Fonce sur Beuve et veut le terrasser.
Quel mal subit à donc le capitaine?
Beuve, en un temps, vient de le transpercer.
Mais, à la fin, écrasés par le nombre,
Les deux héros sont tombés à leur tour.
L'aigle allemande étend sur eux son ombre,
Plante en leur chair ses griffes de vautour.

7. Les allemands détroussent sans vergogne
Beuve et Sanson, qu'ils croient blessés à mort :
Ils vont plus loin à la même besogne.
Beuve et Sanson en bénissent le sort.
Dans les fossés, pleins de ronces et d'herbes,
En se baissant, ils font quelques cents pas.
Puis, sur la route, ils se dressent, superbes.
La France encor peut compter sur leurs bras!

AU REFRAIN

Nos cavaliers narguent tous les hasards
Les voyez-vous charger avec furie?
Vive la Mort quand c'est pour la Patrie!
Honneur et gloire à nos braves hussards.
Honneur et gloire au 3e hussards! *

* En variante ou comme reprise finale.

14 Mars 1901

—

LE MYSTÈRE DE LA PASSION

Omnia in figurâ contingebant illis.
(I. Cor. x. 11).

Tout chez eux était figuratif.

Le mystère de la Passion, réduction de celui d'Ober-Ammergau, fut représenté au collège d'Ecouis, les 13 et 14 mars 1907. Le plus grand soin avait été apporté aux décors et aux costumes. Pendant les tableaux vivants, un brillant orchestre accompagnait les solos ou les chœurs. M. Cresté avait adjoint à ses collégiens une véritable pléiade d'artistes. Le succès fut triomphal. — Nous donnons ici la partie des chorèges (L. Lieubray et E. Pagnierre), qui annonçaient l'un le tableau figuratif de l'Ancien Testament, l'autre sa réalisation dans la Passion de Jésus-Christ. La partie du deuxième chorège est en caractères italiques.

PROLOGUE

—

Or, le Christ étant Dieu, Caïphe étant grand Prêtre,
Hérode-Antipas, roi, Pilate, procureur,
Et Tibère César, clarissime empereur,
Le Christ fut pris, jugé, condamné comme un traître.

O toi, qui nous aimas jusqu'à mourir pour nous,
Jésus-Christ, Fils de Dieu ! Nos plus chères délices
Seront d'unir nos pleurs au sang de tes supplices,
Comme la Madeleine, à tes pieds, à genoux.

Ier TABLEAU. — Adam et Eve chassés du Paradis. — Promesse du Sauveur. (Gen. III. 15-21).

Ils s'en vont tous les deux, couverts de peaux de bêtes,
Le front bas, le cœur morne — autrefois si joyeux !
Comment oseraient-ils encor lever leurs têtes?
La Malédiction du Seigneur est sur eux !

— Non, Non ! ce qui sur eux plane, c'est l'Espérance !
L'Arbre de Haine en Croix d'Amour se changera !
Le Bonheur renaîtra d'une Bonne Souffrance :
L'Eden, qu'un Ange ferme, un Dieu le rouvrira !

IIe TABLEAU. — Adieux de Tobie à sa Mère. — Adieux de Jésus à Marie (Tob. V).

Le Père de Tobie a dit à son fils : « Va !
« Que jusqu'à ton retour l'Ange de Jéhovah
« T'accompagne ! »
La Mère de Tobie, en le voyant partir,
De ses cris de douleur fait au loin retentir
La campagne.....

LES ADIEUX DE TOBIE

(Air de Schubert)

Pardon, ma bonne mère,
Si je vous fais pleurer.
C'est l'ordre de mon père :
Il faut nous séparer.
Et bien qu'aussi je pleure
D'abandonner ce lieu.
Je dois partir sur l'heure :
Adieu ma mère, adieu !

Adieu ! L'ordre me presse
Autant que le regret.
Encore une caresse :
Mère, je reviendrai.
Je reviendrai, j'espère —
Je reviendrai dans peu.
Adieu, ma bonne mère,
Ma bonne mère, adieu !

L'air vibre encore du chant triomphal des Rameaux,
Et Jésus dit aux siens, très bas, ces simples mots :
« Voici l'heure..... »
La foudre n'aurait pas produit d'effets plus prompts :
Un voile de tristesse envahit tous les fronts :
Elle... pleure.

IIIe TABLEAU. — Joseph vendu par ses frères (Gen. XXXVII. 27). — **Jésus vendu par Judas.**

L'argent faisant ce que le sang n'avait pu faire :
— « Oui, dirent ils : Mieux vaut laisser vivre Joseph ! »
— La caravane approche : Ils s'adressent au chef.
Pour vingt sicles d'argent, ils lui vendent leur frère.

C'est aussi pour fermer la bouche à l'Innocent
Que l'Envie et la Peur conspirent chez Caïphe.
Oh ! ne crains rien ! Ta proie est à toi, grand Pontife !
Tu n'auras d'autre mal que d'en payer le sang.

IVe TABLEAU. — La Manne nourrit les Israëlites (Exode. XVI) — **Institution de l'Eucharistie.**

La Manne tombe douce et blanche,
Comme tombent en avalanche,
Au souffle des vents printaniers,
Les fleurs blanches des marronniers.

Elle a le brillant des paillettes,
Elle a l'odeur des violettes.
Elle a le goût sucré du miel :
Elle est le pain qui vient du ciel !

Les Hébreux sortent de leur tente.
La main prompte, l'âme contente :
Comme s'il ramassait de l'or,
Chacun d'eux en prend un gomor.

Nos pères ont mangé la manne en vérité,
Mais le Vrai Pain du Ciel, ils ne l'ont pas goûté :
Ils sont couchés là bas, dans la plaine inféconde...
Jésus, vrai Pain du Ciel, donnez la Vie au Monde !

Ve TABLEAU. — Lamentation de Jérémie (Lam. I). — Agonie de Jésus.

De voir Jérusalem triste, appauvrie et nue
Comme une plaine après l'été,
La douleur du Prophète, un long temps retenue,
A soudain, en un chant lamentable, éclaté..,

C'est le tour de Jésus de fuir la ville sainte.
Il lui jette un dernier regard gonflé de pleurs.
Du Jardin, Il franchit l'enceinte;
Il entre, Olive mûre, au pressoir des douleurs.

VIe **TABLEAU. — Job abandonné par les siens** (Job XI. 9). — **Jésus abandonné par les siens.**

Ses parents, ses amis le tournaient en risée :
« Dieu donne aux fleurs des champs la goutte de rosée,
« Disaient-ils. Qu'as tu fait qu'Il t'abandonne ainsi ? »
— Et Job se contentait de dire à Dieu : « Merci ! ».

— Que furent les douleurs de Job auprès des vôtres,
Seigneur ? — Dut-il subir les pires attentats?
Il n'eut que le mépris, Vous avez les crachats !
Il n'avait plus d'amis : Vous n'avez plus d'apôtres !

VIIe **TABLEAU. — Naboth devant ses Juges** (Rois III. XXI-8). — **Jésus devant Caïphe.**

Ils accusaient Naboth, ces fils de Bélial,
D'avoir blasphémé Dieu, maudit le sang royal.

Le Tribunal était d'avance leur complice.
Naboth eût à subir, hors les murs, son supplice.

Nous allons retrouver les témoins subornés,
Les juges corrompus, les instincts déchaînés,
La Haine n'a jamais changé de procédure;
Mais plus la proie est douce, et plus la Haine est dure.

VIIIe TABLEAU. — Le Désespoir de Caïn (Gen. IV. 13). — **Le Désespoir de Judas.**

Cet homme aux yeux de flamme, à la face d'airain,
Aux chants de désespoir effrayants dans la bouche,
Livide, échevelé, misérable, farouche :
Il a tué son frère et s'appelle Caïn.

Et celui-ci plus pâle encor, le front plus bas,
Le regard plus fuyant et les gestes plus traîtres :
Que vient-il donc chercher ici parmi les hêtres ?
Il a vendu le Christ — et s'appelle Judas.

IXe TABLEAU. — Daniel et Darius (Dan. VI. 10). **— Jésus et Pilate.**

— « Je le sais, Daniel, dit Darius le Mède.
« Tu n'as jamais trempé dans ces rebellions.
« Mais, puisque l'on t'accuse, il faut bien que je cède
« Et te laisse jeter dans la fosse aux lions. »

Le Juge infâme, inique et lâche, en vain se flatte
D'effacer son forfait par un geste naïf.
Depuis dix neuf cents ans que le fourbe Pilate
Lave ses mains, — le sang n'y parait que plus vif.

Xe TABLEAU. — Samson, jouet des Philistins (Juges XVI-25). **— Jésus tourné en risée par Hérode.**

Samson est dans les fers : Tout un peuple le raille.
On apprend aux enfants à tirer ses cheveux.
Il n'aurait cependant qu'à dire un mot : « Je veux »,
Pour écraser, avec ses fers, cette canaille.

L'Amour même devient un aliment de Haine !
La Sagesse est Folie aux yeux de fous pervers !

Et Celui dont la Force a créé l'Univers
Sert de jouet d'enfant à la Faiblesse humaine !

XIe TABLEAU. — La Robe de Joseph rapportée à Jacob (Gen. XXXVII. 31). — **La Flagellation.**

— « O Joseph ! mon Joseph ! enfant de ma vieillesse !
« Oui, c'est la robe, hélas ! qu'autrefois je te fis !
« Comme tu la portais avec grâce et noblesse !...
« Ah !... La bête cruelle a dévoré mon fils ! »

Mon cœur frémit. Le Christ que son Père a vêtu
Comme d'un blanc manteau de chair immaculée,
Le voilà rouge, ainsi qu'une grappe foulée !
— O Père, le reconnais-tu ?

XIIe TABLEAU. — Sacrifice d'Abraham (Gen. XXII. 1. 33). — **Crucifiement de Jésus.**

Après avoir porté le bois de son supplice,
Isaac fut lié dessus,
Tendit son cou d'albâtre au fer du sacrifice,
Prêt à mourir comme Jésus.

Mais, tandis qu'Isaac vit tomber à sa place
Le bélier pris dans le buisson,
Jésus devra mourir, Lui ! — Ce penser me glace
Et m'agite d'un long frisson.

XIIIe TABLEAU. — Le serpent d'airain (Nombres XXI-8.). — **Jésus en croix.**

Vers le serpent d'airain, élevé par Moïse,
Le Peuple qui, frappé d'un mal mystérieux,
Lentement, agonise,
Pour guérir aussitôt, n'a qu'à lever les yeux.

Je te salue, ô Croix Auguste,
En ce temps de la Passion !
Accorde la ferveur au juste,
Au pécheur la rémission !

APOTHÉOSE

XIVe TABLEAU. — Le Christ est vainqueur.

Revenez maintenant déposer vos hommages
Aux pieds de Jésus-Christ en Croix,
Vous qui n'avez été que ses pâles images,
Patriarches, Prophètes, Rois !

Et vous, inconscients agents de Son Mystère,
Bourreaux dont l'œil est ébloui,
Regardez cependant comme « *élevé de terre,*
Il attire le monde à Lui ! »

A la Croix de Jésus, tout finit, tout commence !
Tout s'illumine de son sang !
Dans le Passé profond, dans l'Avenir immense,
Lui seul est l'Éternel Présent !

Février 1900.

TABLE DES MATIÈRES

Errata. — Page 7, lire guerres franco-normandes.
— 53, *17 septembre 1313* et non 17 juillet.

Evreux, Imp. de l'Eure, 4 bis, rue du Meilet. — G. Poussin, gérant.

www.ingramcontent.com/pod-product-compliance
Ingram Content Group UK Ltd.
Pitfield, Milton Keynes, MK11 3LW, UK
UKHW031901260826
14628UKWH00002B/923

9 782019 930356